Temperino rosso
edizioni

Attilio Fortini

Assenze prime

Titolo: *Assenze prime*
Autore: Attilio Fortini
Editore: *Temperino rosso* edizioni
© 2014 Temperino Rosso Edizioni Fortini
Prima edizione 2014

ISBN 978-88-98894-09-3

A

Silvana
perché
vuole
ogni
giorno
condividere
con
me
la
vita

Introduzione

Ogni ricerca in genere (inclusa la presente), per affermarsi come tale si prefigge di risolvere alcuni problemi. Per meglio intendere come avvenga una ricerca, sarebbe importante quindi specificare come siano da intendere i problemi, ma anche, come solitamente essi vengano risolti. E' per questi motivi che la prima considerazione conviene rivolgerla al concetto stesso di *problema*.

Questo, essendo ciò che si presenta con il suo *pro* innanzi a noi, trova la sua soluzione in una *ri-soluzione*. Ossia, se con le sue domande s'interroga ciò che si trova presente dinanzi a noi, poi però la ricerca delle sue risposte va svolta in un *ri*, che *ri-sponda*, e che sta *indietro*, sia rispetto a noi che domandiamo, come anche alla domanda stessa.

Da ciò si può notare che una ricerca che voglia affrontare dei problemi, si trovi anche ad affrontare alcuni ostacoli, i quali, per essere superati, chiedono originalità, ovvero chiedono qualche cosa che cerchi le proprie risposte là, dove il problema è nato, ma anche là, dove pure continua a nascere.

Quanto detto può benissimo considerarsi come il quadro generale di come possa avvenire una ricerca. Quella che qui s'intende mostrare possiede però alcune peculiarità, dovute principalmente al fatto che il tipo di problemi che verranno presi in considerazione, non hanno una vera e propria soluzione. Per questi motivi qui si avrà a che fare solo con delle risposte temporanee, atte ad introdurre qualcosa che sia tutt'al più un'interrogazione maggiormente originaria, ovvero, più a contatto anche con l'originarietà delle proprie questioni. Inoltre, mancando la soluzione, va da sé che l'essenza stessa di problema faticherà a stare nel suo concetto, nel senso che se non ci potrà essere una soluzione, non ci potrà essere nemmeno un vero e proprio problema!

Proprio per questo, difatti, qui si troveranno solo delle domande, le quali certamente cercheranno di portare alla luce qualcosa,
ma senza alcuna pretesa che *questo* qualcosa sia la conclusione
del problema stesso. Anzi, il senso stesso di una conclusione sarà
qui necessariamente trattato, proprio anche nei suoi contenuti,
dato che il tragitto percorso porterà non solo a delle definizioni,
ma bensì anche a delle *dissoluzioni*, non per se stesse, ma per
introdurre un nuovo modo d'intendere anche le definizioni medesime.

In termini generali ciò che qui verrà affrontato riguarderà il
senso dell'esistente; specificatamente nel suo apparirci: nel suo
essere qualcosa che ha a che fare con il nostro esistere. Di certo
l'origine di questo problema coincide pure con l'origine della
filosofia, anche se bisogna dire che il discorso qui svolto possiede delle peculiarità, le quali possono essere maggiormente intese
se rapportate agli assunti di alcune dottrine filosofiche, e in particolare ad alcuni loro esiti. Indicativamente questi sono riconducibili ad Aristotele, che è anche il primo sistematizzatore della
questione, come a Kant, per la sua "Rivoluzione copernicana",
della quale il presente libro può benissimo considerarsi una conseguenza logica, ma pure ad Heidegger, principalmente per la
sua considerazione della Metafisica come 'dimenticanza' dei caratteri più propri dell'essere.

Di fatto Aristotele ha assunto la questione del come bisogna
considerare l'esistente come la questione dell'essere, proprio
perché *esso* è in tutte le cose. Ciò in sostanza equivale a considerare l'esistente come ciò che è *definito*. Questa modalità campione sarà di certo quella più considerata anche da gran parte del
pensiero successivo. Kant mostrerà però che la *definizione*, intesa come giudizio ed esercitata attraverso le categorie (quelle
stesse che per Aristotele appartengono al significato dell'essere),
non è una caratteristica delle cose, ma bensì il frutto del nostro
pensiero, e che quindi essa si genera in modo trascendentale.

Questa valutazione aprirà chiaramente anche ad un nuovo
modo d'intendere l'esistente, anche se non ancora nelle sue e-
streme conseguenze, dato che il vincolo che intercorre tra

l'esistente e l'essere come definizione, rimarrà sostanzialmente invariato, in quanto le cose, pur svuotate dal loro essere, che è appunto solo trascendentale, rimangono però *cosa in sé*, ossia rimangono ancora una definizione, anche se con la parvenza di un 'calco vuoto'. Le cose di fatto rimangono sempre cose, ciò che muta per Kant è solo la loro possibilità di essere conosciute, proprio perché la loro conoscenza può avvenire solo tramite quell'essere che esse sanno solo accogliere, dato che per se stesse non l'hanno.

Dalla considerazione dell'esistente tramite la definizione dell'essere, neppure Heidegger saprà del resto scostarsi, proprio perché i suoi presupposti sono in un certo senso kantiani; difatti se l'essere di Kant è l'essere del pensiero, per Heidegger questo essere-pensiero è anche l'essenza principale dell'uomo. Egli perciò, nonostante aver denunciato la tirannia storica posta in atto dall'ontologia metafisica, la quale mostrando principalmente l'essere come ente (un'ambivalenza del resto già presente anche in Aristotele nelle sue considerazioni riguardanti la coincidenza tra essere ed uno), ha generato come primato la considerazione tecnica del mondo; nonostante ciò, appunto, il concetto di essere – e non un altro concetto – rimane sempre ciò verso cui deve rivolgersi ogni considerazione dell'esistente. Quest'ultima, quindi, non può districarsi in nessun modo dalla sua condizione di offrirsi sempre ed esclusivamente attraverso l'essere. Questi, perciò, seppur mitigato nella sua 'arroganza' tecnica, rimane comunque una definizione, ossia il principale strumento con cui si *assoggetta* il mondo. Ciò in pratica equivale a dire che la conoscenza dell'esistente non può passare che attraverso la lente delle sue possibilità d'impiego, e che non vi può essere una forma diversa da questa. Quest'essere quindi, nonostante l'impegno operato da Heidegger per la sua emancipazione dalla "volontà di potenza" dell'uomo, rimane ancora un tiranno! Infatti, se la definizione operata dal pensiero rimane l'unico modo per considerare l'esistente, non ci si potrà mai sottrarre dalla esclusiva considerazione fisica di questi, ossia non si potrà mai vedere il mondo al di fuori di come esso si mostra attraverso l'essere, quindi al di fuori dei movimenti e delle funzioni che in esso avvengono e si realizzano, come anche dall'insieme dei suoi possibili usi.

Altresì il percorso di ricerca qui svolto, considerando le teorie filosofiche esposte, ma anche partendo da quelle domande che riguardano ogni uomo, cercherà man mano d'individuare i presupposti peculiari della significazione dell'esistente, distinguendo ciò che l'uomo produce attraverso la sua modalità d'esistere – ciò che di fatto è assente dalle cose – per provare a comprendere cosa egli è effettivamente, non al di fuori di sé, bensì all'interno di ciò che anche lo comprende. Una modalità d'indagine che avrà quindi come fasi di sviluppo il riconoscimento che una considerazione del significato di ogni esistenza, non può distogliersi in alcun modo anche da una considerazione complessiva di *tutto* quanto esiste, e che quindi anche l'essere di ogni cosa, non può essere compreso in se stesso, ma bensì solo da ciò che anche lo comprende, ossia da ciò che è anche, *al di fuori* dalla naturalità di ogni cosa.

Questa comprensione dell'essere attraverso un concetto che sta al suo *di fuori*, e che gli è assente, è perciò anche la possibilità di significazione di quanto esiste, proprio perché questa non può avvenire tramite l'essere medesimo, dato che ciò che è compreso, non può anche comprendere. Da qui la considerazione di una metafisica da intendersi come significante dell'esistente, e che si distingua da una fisica (da tutte quelle *definizioni* che come *esseri* esistono fisicamente) come ciò che invece viene significato. In effetti quello che qui verrà proposto non avrà nessuna funzione per se stesso, non vorrà affermarsi come nulla di vero – in sé, – dato che il suo intento sarà solo quello di mostrarsi *per* la significazione dell'esistente.

Avvertenza

Gli scritti qui presentati sono stati redatti in un arco temporale piuttosto ampio. Questo ha così abbracciato, con le sue condizioni, lo stimolo di più esperienze, le quali necessariamente hanno anche caratterizzato, sia nella forma che nei contenuti, il presente libro. Bisogna anche dire che il mio intento non è mai stato quello di costituire una ricerca rigorosa e convincente, intendendo con ciò qualcosa che potesse strutturarsi sull'esigenze del discorso, ma piuttosto di realizzare qualcosa che fosse in relazione alla primaria esperienza della vita, con i suoi ritmi, e con gli interrogativi che essa suscita. Per questi motivi sono venuti meno, sia l'impiego di argomentazioni fortemente pertinenti dal punto di vista tematico, come anche lo stretto confronto con opere di altri autori. Questa scelta è stata motivata dalla volontà di non presentare uno scritto, ma bensì il frutto di un pensiero; pertanto è venuta ad avere grande importanza la vita, ma nel suo momento di essere vissuta, dato che ciò è apparso anche l'unico modo per ottenere un'interrogazione vicina al suo senso. Questa ricerca si è perciò mossa a tratti, a volte stentando, poi ritornando sui suoi passi, ha fatto dei salti, è scivolata, ma ha anche trovato degli ostacoli: si è semplificata, si è persa, ritrovata... Essa è stata il frutto di un pensiero nell'atto del suo avvenire, un pensiero pertanto incerto, proveniente da un'interrogazione il cui valore sta solo in ciò che mostra, non in ciò che è.

Il libro è quindi da intendersi come una sorta di catalogo, il cui unico soggetto è, anche qui, solo ciò che viene mostrato.

La lettura potrà per questi motivi presentare delle difficoltà, simili per alcuni versi a quelle che può incontrare uno studioso di storia, il quale deve osservare scrupolosamente, classificare, ordinare, farsene una ragione, come anche però – per altri, – simili a quelle di un uditore di fiabe, il quale non vedrebbe nulla se non sapesse apprezzare l'importanza significativa dell'immaginazione.

Parte prima: L'assenza come principio

Non tiriamo presunte conclusioni
sulle massime cose.

Eraclito

La verità
nella sua essenza stessa
è non-verità.

Martin Heidegger

I.1. Ciò che manca al presente

Quale potrebbe essere la più importante domanda che converrebbe porsi o, se si vuole, l'ignoranza che non si vorrebbe possedere?

Parrebbe che questo primato sia attribuibile alla presenza e al suo relativo perché.

Ma quale presenza?

Ciò che è implicito in ogni domanda è in genere *Chi* la pone; nessuna questione potrebbe porsi come presente senza un'esistenza da cui questa possa insorgere; quindi viene spontaneo affermare che questa *prima domanda* abbia come termine principale quel *Chi*, che interroga.

La domanda è essenziale, non tanto perché andrebbe formulata in un grado primario o perché generalmente si possa o debba formulare, ma in quanto essa possiede un valore determinante per poter affrontare il tema di ciò che è presente. Ogni cosa che riteniamo essere presente, affinché sia accolta e riconosciuta come tale, non può trascendere dalla *nostra* presenza. Pertanto, anche se non c'è necessità di giungere a questa domanda, o non se ne sente l'impellenza, rimane il fatto che essa è il paradigma di una qualsiasi altra domanda che poniamo, o ci poniamo, sulla realtà di ciò che esiste.

Tale interrogazione potrebbe di sicuro avere molte formulazioni, per il discorso qui intrapreso è utile però che essa venga posta in questo modo:

"Perché vivo al posto di morire?"

In merito a questo quesito – l'elemento morte – è la possibilità di mancanza nei confronti di ciò che è presente: la mia presenza, come quella altrui. Essa è l'assenza della vita! l'assenza come alternativa alla presenza. Questa assenza è quindi anche *libertà di morire*, ossia la possibilità che l'assoluto ci offre di poterci tratta-re come un qualsiasi oggetto; essa è quindi il termine di un'opzione, proprio perché è anche *una* possibilità che può venir scelta.

Del resto è vero che si sarebbe potuto anche dire: "Perché con-tinuo a vivere?" oppure "perché vivo?"

In questi casi però la negazione sarebbe stata solo implicita, appunto non manifesta, lasciando nel nulla ciò che per sua natu-ra non è presente, lasciando nel nulla la possibilità di una scelta.

Qui invece s'intende evidenziare che la consapevolezza, per es-sere tale, deve porre in evidenza anche ciò che non è immediato, che non è positivo.

La morte, assunta nella sua sostanzialità di *assenza fisica*, ci conduce invece verso una determinazione essenziale dell'esistente. Determinazione che non è in nessun caso riferibile ai sensi, al concreto, al positivo.

La morte, da questo punto di vista, è una condizione metafisica, non solo perché uno stato fisico si è reso assente, ma perché con-tiene l'essenza di una *prima domanda*. Questa, quindi, che si svi-luppa nella considerazione dell'assente, non è però solo sinoni-mo di quella (la morte), ma bensì una connessione dedita a favo-rire la consapevolezza dell'esistente in modo complessivo, as-sumendo in sé, sia ciò che c'è, come pure proprio anche ciò che non c'è, dato che è solo quest'ultimo che può determinare – col suo mancare – i confini del primo.

A questo punto possono venire utili alcune specificazioni. Con il termine "assenza fisica" abbiamo definito una caratteristica dell'esistente nella sua possibilità d'assenza. Questa non va con-siderata semplicemente come possibilità del futuro, ma come realtà immanente, quindi neppure solo come possibile effetto di una prossima e possibile scelta, ma bensì come carattere unifi-cante delle cose.

L'assenza, non è in una visione d'unità il contrario di ciò che è presente, ma bensì il correlativo necessario alla sua comprensi-one. Per questo è opportuno sostenere che la vita, dal punto di vista di ciò che la permette e di ciò che vi partecipa, debba essere considerata funzionalmente, in modo da lasciarla rimanere ed essere conosciuta nella garanzia sensibile. Invece, dal punto di vista della sua comprensione, la finalità deve essere proprio diversa, dato che qui è in gioco la ricerca del suo *significato*, più che l'apprendimento di ciò che solo la *mantiene*.

In altre parole la vita unita alla sua possibilità d'assenza fa essere l'affermazione "assenza di vita" non il suo contrario, ma bensì la sua visione complessiva. Ciò permette la considerazione dell'esistente in modo inutile, dal punto di vista della vita vissuta, ma proficuo da quello delle sue caratteristiche significative.

Assenza della vita è perciò un concetto più completo per la comprensione che non il semplice *vita positiva*; in quanto esso, oltre al concetto concreto qui esaminato, ne considera anche il suo contrario, ovvero ne denota i limiti. In definitiva il concetto *assenza della vita* potrebbe tradursi in *assenza nella vita*.

Perciò l'idea di un'assenza fisica, come possiamo constatare, non si limita alla semplice negazione, ma è ciò che permette il passaggio delle considerazioni da un piano legato all'esperienza tangibile, quello che ha per intenderci la vita concreta come suo oggetto, ad un altro, quello che considera le cose unite alla loro assenza. Quest'ambito non è del resto sondabile attraverso il principio di non contraddizione! Il motivo è evidente: una qualsiasi cosa, unita al suo contrario, è un paradosso, un'inesistenza. Il principio stesso vuole che un qualsiasi contrario annulli il suo opposto. Qui si vuole invece adottare il piano *comprensivo*, come metodo d'indagine, tentando di far confluire nel medesimo pensiero, sia il pensare da vivi che – qui si conceda – il pensare da morti.

Da ciò anche il legittimo dubbio: cosa garantisce veridicità a questo modo di procedere se non ci si avvale della garanzia sensibile?

In effetti il criterio di verità non può in questo caso venir posto in una corrispondenza tra idea e sensibilità, ma piuttosto attraverso un reciproco *sentirci senzienti*, in quanto riflettere all'interno di un atteggiamento metafisico ci propone di considerare l'esistente, più da un approccio del sentire, che da quello della sola sensibilità. Con questo va perciò riportato che indagare il senso di ciò che esiste nella sua possibilità d'assenza, non offre opportunità di definizioni unilaterali; pone altresì l'incertezza come fonte propulsiva al *cercare di comprendere*; pone il valore inconcreto del riconoscersi, più che del conoscersi, a suo canone di verità.

Del resto, se obiettivo della nostra ricerca fosse la vita vissuta, non avremmo altro da fare che utilizzare o sviluppare quegli strumenti scientifici opportuni e funzionali, che già conosciamo. Questi appaiono però inadatti a sondare la presenza dell'assente in ciò che esiste. Con questo non si vuol dire che le idee siano forzatamente estranee alla vita vissuta, ma che è solo attraverso un conflitto paradossale con quella che le idee possono permetterle, non solo un'immagine verosimile, ma anche una misura adeguata.

Vita e *morte* si presentano perciò come concetti campione, come elementi immediati, dediti al riconoscimento che quanto esiste è caratterizzato dalla sua immanente possibilità d'assenza. Di fatto questi estremi logici non possiedono un'esistenza separata, mentre sappiamo bene che ciò avviene quando la finalità è il conoscerli come realtà temporali.

Lo stesso avviene per il conoscere e il comprendere. Queste due modalità di porsi dinnanzi all'esistente non si annullano vicendevolmente se non vengono estremizzate, e possono validamente giungere alla complementarità quando la ricerca diviene a tutto campo e, oggetto d'indagine, non è il parziale, ma bensì il Tutto.

Tutto! certo, – ma attenzione – solo nella sua verità relativa.

In effetti pure l'assenza è relativa! non possiamo scordarci che questa si origina dalla mancanza della presenza; del resto anche il Tutto è l'origine, o la necessità, del *niente*.

Non possiamo quindi dimenticare che per comprendere le cose dobbiamo passare dalla loro conoscenza; dobbiamo usare le nostre capacità d'isolare il soggetto dalla caoticità del Tutto prima di comprenderlo in questa. Oppure comprenderlo come entità del Tutto, e poi come parte: la comprensibilità non muta.

Alla domanda quale sia la vera realtà, non si dovrebbe avere dubbi: entrambe! Non c'è differenza – non perché non possiamo definirla, – ma perché l'essenziale dal punto di vista del significato non è la singola definizione, ma bensì il processo illimitato del nostro rapporto con l'ambiguità di ciò che è vero e di ciò che è falso. Il dualismo è quindi ciò che ci permette un percorso che non potrebbe avvenire diversamente; è la possibilità appunto di sviluppare un senso.

Perché vivo al posto di morire non è solo una data domanda, ma è la domanda continua, è il movente di ogni presente, è ciò che permette di attribuire a questo essere presenti un carattere d'instabilità significativa.

I.2. Mistero e libertà

Tentare di capire: è quindi possibile?

Le nostre facoltà possono veramente permetterci di svelare il mistero che ci fa essere?

Questa tensione è il nostro stato di fatto. Questo anche un modo d'esserci, il quale è anche stato di libertà. La nostra condizione chiede incessantemente di essere svelata. Il nostro non sapere è un'assenza attrattiva, è un desiderio che chiede determinazione. Ma ciò è allo stesso tempo anche quanto deve essere sfuggito: se sapessimo tutto il sapere, ne saremmo vittime; da esso, esclusivamente determinati. Con ciò va bensì considerato che anche l'ignoranza è un pregio, nonostante non possa essere considerata una vera e propria conquista.

Solitamente siamo abituati a dire che sono le conoscenze a rendere liberi gli uomini, ma ciò è vero in parte, perché il sapere dell'uomo libera l'uomo non da se stesso, cosa che nessuno auspica, ma dall'idea di ritenerci condizionati nel nostro esistere, solo dalle necessità.

La conoscenza ha perciò un effetto rivoluzionario, proprio perché permette di trascurare quei condizionamenti generalmente definiti come naturali. Questa rivoluzione in atto da quando è sorta l'idea, tende a svelare il mistero dell'esistente. Ciò per carpirne i meccanismi, in modo da poterci liberare completamente da quell'oscurità che appare governarci.

Il fine?

Raggiungere la sconfitta della morte, come anche della libertà di morire, dimenticando che il fondamento della libertà sta proprio in quel buio datoci dalla nostra primaria e insostituibile ignoranza.

I.3. I vuoti del senso

Ma per permettere un percorso interessato all'esistente, si debbono prima osservare le modalità con cui ci si pone generalmente nei suoi confronti. Attraverso una semplificazione, si potrebbe benissimo far riferimento ai concetti di *presenza* e *assenza* come proprietà di ogni cosa che si possa distinguere e perciò conoscere. In fondo, alla base della nostra percezione, è possibile rintracciare questi concetti; essi sono funzionali a permettere qualsiasi sviluppo successivo della percezione, ovvero del pensiero.

La percezione trova quindi le sue premesse nella necessità iniziale di *assenza* e *presenza*, dato che l'essere in grado di capire se una cosa si trova o meno innanzi a noi, è la facoltà principale atta a permetterci il movimento, e perciò la vita stessa.

Presenza e *assenza* si precisano perciò come constatazioni percettive che traggono la loro necessità, non solo dai sensi, ma da ciò che è il loro oggetto. Utilizzando un esempio si potrebbe dire di non voler mai attraversare i binari di un treno che sta giungendo, se non intenzionati al suicidio. Perciò, considerando l'esistenza di una corrispondenza tra il nostro modo di percepire e il suo oggetto, come dati di fatto, è possibile sostenere che quanto interviene a garantire questa corrispondenza è quella determinazione sensoriale e cognitiva che appelliamo percezione, e che è anche quanto mantiene uniti i concetti di *presenza* e *assenza*.

Su questo piano nasce pertanto anche la possibilità di rintracciare la sintassi del reale, tramite, appunto, la necessaria corrispondenza di *mondo* e *pensiero*.

La realtà percepita, pur essendo sostanzialmente diversa da quella della percezione, si propone costitutivamente analoga a questa, cosa resa evidente anche dalla possibilità di assumere sia la realtà, che il pensiero, sotto l'unica concezione di *presenza-*

19

assenza. Di fatto possono essere presenti o assenti sia l'oggetto dei sensi, sia i sensi, sia il pensiero, e in definitiva anche i comportamenti che ne conseguono. La presenza e l'assenza sono in questo modo paragonabili al concetto di una catena, che si scandisce nella radicale distinzione di tutti i suoi anelli.

Pertanto, assumendo la corrispondenza tra mondo e pensiero come effettiva, viene però anche da chiedersi: "Quale è il grado in cui la realtà definisce il pensiero e viceversa?"

Certamente è importante qui considerare il pensiero sia come 'oggetto' determinato, che come 'soggetto' determinante, in modo da considerarne oltre gli ambiti, anche gli aspetti di reciprocità.

Avendo in osservazione la passività del pensiero è evidente che non l'ordine del mondo si adatta ai viventi ma appunto il contrario. Ponendoci invece da presupposti di carattere attivo del pensiero, constatiamo che questo può determinare, per alcuni versi, sia la percezione come anche l'azione, e perciò l'ordine delle cose. E' altresì chiaro che questi due atteggiamenti non sono in opposizione, anzi, essendo il nostro obiettivo non quello di un'indagine causale, possiamo concentrarci sugli aspetti di convergenza. Questi si evidenziano nella corrispettiva capacità fondante propria, sia del determinismo passivo, che garantisce il legame della realtà con il pensiero, come del determinismo attivo, specifico garante del legame tra pensiero e realtà. Quanto espresso non si configura come semplice inversione di termini simili, in ciò va colto il nesso qualitativo delle osservazioni; queste consistono nel mettere in luce, non due semplici aspetti della medesima realtà, ma i termini della dinamica interna del reale, ciò che ci rende, attraverso la *possibilità del reciproco*, realtà partecipi del reale.

Del resto, quanto è presente, viene considerato anche l'unica realtà, dato che l'assente è considerabile solo come possibilità. In altre parole, mentre un certo oggetto si può cogliere solo attraverso i sensi, la sua assenza è invece solo ipotizzabile, ossia *pensabile.*

Si profilano perciò nella costituzione globale della percezione sia il presente, come oggetto, che l'assente, come presenza di pensiero nell'oggetto percepito. Questa relazione non è assolutamente sterile, ma essenziale, dato che parlare di realtà senza un pensiero che interagisce con essa, la renderebbe priva di significato.

La percezione, prima di costituirsi in effettivo pensiero del possibile che ha nel concetto dell'assenza il suo punto focale, é qualcosa di basilare, in quanto l'immanenza dell'assenza si configura ancora e essenzialmente come limite. Questo è quanto profila la forma, ed appare come ciò che sostanzialmente appartiene alla cosa; la sua concretezza, la sua positività.

E' chiaro che nel considerare il limite come appartenente o meno alle cose, si modifica anche la loro pensabilità stessa. Ciò offre la possibilità di accostarci all'esistente tramite atteggiamenti alternanti: o di maggior attenzione verso la vita nella sua attualizzazione pratica, o con maggiore riguardo alla sua cognizione significante. Perciò, mentre il primo atteggiamento appare limitato alla sfera del concreto, il secondo non è il suo contrario, ma assume, tramite le caratteristiche della riflessione, il primo come assunto. Potremmo anche paragonare la concezione di limite come una percezione elementare, che possiede però, già nelle sue caratteristiche, una disposizione a divenire assenza; ma è poi questa assenza che riveste l'esistente di una concepibilità diversa, e che fa acquisire alla realtà quel carattere di 'cosa' sensibilmente intelligibile.

Una qualsiasi cosa, ci appare o non ci appare; se non ci appare questa è semplicemente assente, mentre se ci appare ciò indica che, o la cosa emerge dalla sua assenza, o come si diceva innanzi, questa è tale perché possiede i propri limiti. Sia però nel primo come nel secondo caso, noi ci poniamo attivamente nei confronti del reale. Nel primo come datori di significato, nel secondo come agenti.

Gli atteggiamenti qui posti in luce andrebbero però identificati in modo da individuarvi anche la loro connotazione finalistica.

La base constatabile del reale non presenta mai l'assenza.

Il fatto è che non abbiamo mai percezione d'altro che dell'esistente. Perciò dobbiamo esprimere che nella sensibilità esistono solo le differenze, i nostri sensi non ci trasmettono che quelle. E' su queste differenze che però diviene possibile il pensiero, in quanto ci vengono fornite le premesse indispensabili ad una definizione, ossia il *confine* delle cose.

Ed è tramite questa base concettuale che noi possiamo stabilire, sia le caratteristiche di un'entità soggetta al rapporto tra cose, costituendo così la concezione di spazialità, sia la possibilità di un passaggio, e quindi poter determinare un avvenimento come qualcosa che è posto nel tempo.

Questi passi sulla via del pensiero sono garantiti, non tanto dalla dinamica prettamente sensoriale prima descritta, ma dalla 'presenza' dell'assenza che il pensiero immette in ogni realtà percepita.

Le considerazioni fin ora delineate mostrano come avvenga l'ingresso fluido e graduale del pensiero all'interno della sensibilità. Esso si presenta in modo difficilmente identificabile, dato che doverci assumere come oggetti d'indagine implica un forzato snaturamento del nostro consueto porci nei confronti del mondo: quello appunto di essere noi i *soggetti* della conoscenza!

L'assenza sta perciò in piccole parti; prima nella differenza: poco è lo spazio vuoto che distacca le cose; poi un po' di più nel limite, che isola e assolutizza in forme, ponendo appunto positivo e negativo sullo stesso piano, e in conclusione: nell'assenza totale, ossia all'interno della possibilità delle cose di *non esserci*.

Questa gradazione non ha certamente un valore costituzionale. La realtà non è ciò che di essa si racconta; tutt'al più il suo valore è concettuale. Interessante è qui considerare che quanto solitamente noi riconosciamo come nulla, poi, stando bene ad osservare, appare come un nulla a cui dobbiamo molto; al quale dobbiamo riconoscere, seppur tramite l'essenza metaforica del linguaggio, una quantità di qualità pari, – e non di meno, – a quella della realtà che solitamente definiamo come concreta. In effetti per comprendere come costituiamo la realtà, dobbiamo riconoscere a questa ciò che sembrerebbe non appartenergli. Un salto nel buio non è comunque un salto nel nulla. Ciò che l'assente richiede per la sua comprensione: è probabilmente solo una vista, per alcuni versi, fallibile.

I.4. L'Oggetto dei sensi

In genere ciò che ci si presenta ai sensi non ha quindi mai una propria individualità, affinché noi non gliene permettiamo una; solo in questo momento abbiamo perciò la possibilità di toglierlo dall'indefinito, in modo che divenga sostanzialmente qualche cosa. Per poter comprendere le cose, noi non possiamo liberarle dal modo con cui esse ci divengono comprensibili, sostanzialmente il loro modo di giungerci attraverso il pensiero. Tuttavia come le pensiamo non è qualche cosa di diverso da quello che esse sono, perché come le pensiamo è il *loro* essere!

Pertanto non è possibile distinguere la cosa dalla sua concezione, ossia ciò che attraverso un processo di sottrazione simbolica gli permette d'isolarsi in un'individualità oggettiva.

Il simbolo, in effetti, si profila come sottrazione delle cose, come la facoltà di mutuare da queste solo alcune caratteristiche. E' per questo motivo che esso ha in sé la connotazione dell'assenza: è un qualche cosa che a noi appare giungerci come sottrazione.

Ogni simbolo è tale proprio perché ha *dimenticato* la sua concretezza originaria, quella in cui silenzioso giaceva prima di divenire se stesso.

L'oggetto dei sensi giunge al pensiero come quantità indefinibile di simboli, mentre la sua unicità, – come entità concreta, – è solamente un avvenimento associativo ipotizzato: la sua muta idea originaria, ovvero l'ipotesi del suo *prima di essere,* ciò che è venuto a comporsi simbolicamente, ma attenzione: per essere sostanzialmente ricomponibile!

Se ciò non fosse non si potrebbero sostenere le ragioni di un pensiero analitico che ha facoltà di scomporre la realtà in parti distinte, come del resto neppure di quello sintetico, che ha facoltà di ricomporla.

Attraverso l'evidenza di queste concezioni funzionali, la percezione appare quindi come la facoltà di appropriarsi di alcune caratteristiche, ma che non sono specificatamente proprie delle cose nella loro ipotesi originaria, bensì della relazione che queste mantengono con il pensiero.

Dovendo riferirci all'oggetto dei sensi come qualche cosa di definibile solamente attraverso delle proprietà di relazione, si capisce che questi non potrà mai avere una propria sostanza avulsa dalla necessità di offrirsi nel pensiero come *essere*, in sostanza non potrà mai avere un *se stesso* senza l'essere!

Qualsiasi relazione, difatti, non può venir trattata alla stregua di una semplice unione. In questa gli elementi sono rintracciabili, in una relazione invece gli elementi che la compongono mutano, si svuotano reciprocamente o alternativamente, per poi ricomporsi o accrescersi. Le proprietà di relazione fanno essere perciò la stessa definizione *oggetto dei sensi,* un presupposto di valore simbolico, – e non come si vorrebbe, – concreto; in quanto nel dover parlare di ciò noi non possiamo tralasciare come esso viene a delinearsi nella nostra consapevolezza. E' proprio perché appartiene al pensiero che l'oggetto dei sensi può venire pensato, ovvero che può essere accolto nella percezione.

Di conseguenza riferendoci all'oggetto dei sensi noi non possiamo che trattarlo in termini discorsivi, assumendolo, non nelle implicazioni di una ipotesi sostanziale, ma nella forma riduttiva del discorso, il quale, avvalendosi dell'assoluto, ci permette di possedere una conoscenza funzionale della realtà. L'oggetto dei sensi può essere perciò compreso solo in questa condizione: essere elemento che si offre ai sensi; elemento assolutizzato dalla realtà del pensiero, la quale è l'unica che può accreditargli dei predicati di realtà.

Quindi la necessità della corrispondenza tra pensiero e realtà evidenzia che, seppur noi non possiamo definire assolutamente coincidente questo rapporto, di fatto il suo esito è effettivamente funzionale. Dire perciò che la realtà è pensiero, non modifica, nella sostanza dei fatti, dire l'opposto, ossia che il pensiero è realtà. Questo perché l'essenza dei fatti non si conclude in una definizione sostanziale, ma bensì in una relazionale.

Ciò è ben testimoniato anche dai mutamenti di prospettiva, questi in effetti modificano solo le caratteristiche (i simboli) che nell'oggetto si vogliono ricercare; caratteristiche che però determinano le funzionalità della relazione.

Ogni indagine conoscitiva non può quindi che rimanere vincolata ad un piano simbolico. E' questa la base che permette l'attualizzazione della conoscenza, ovvero, niente d'altro che apprendimento: prendere in sé ciò che è fattibilmente per sé.

Il modo di rapportarsi verso l'oggetto dei sensi connota quindi anche la percezione come nucleo su cui possa stanziarsi l'azione. Difatti la simbolizzazione, come costituente percettiva, permette di generare un insieme di elementi caratterizzanti un'immagine mentale, una rappresentazione della coscienza. E' solo a questo punto che la percezione diviene matura per costituire quella forma ideale che può realizzare un *agito*. Qualsiasi constatazione o analisi conoscitiva trae la propria origine dagli elementi che costituiscono la percezione; questi sono la premessa di ogni fattibilità dell'esperienza; ed è per far ciò che essi non possono che essere relativi alle proprie finalità.

Una *conoscenza pura* è solamente pura! Essa trasforma la modalità e gli elementi che costituiscono il conoscere in elementi conosciuti, trasforma i soggetti in oggetti, trasforma l'assoluto, forma della conoscenza, in conoscenza pura, ovvero in ciò che oltre a non esistere che di pensiero, non possiede nessuna finalità.

L'*assoluto* è solo il principio che svincola dalle relazioni, ma solo per legarsi in altre, non per rimanere a mezz'aria nell'inconsistenza di un puro *non* legame; l'assoluto non realizza in queste condizioni la sua funzione: un liberare che permette di congiungere.

Si capisce perciò come mai l'oggetto dei sensi non può essere trattato come un elemento che possieda un proprio *in sé*, puro e assoluto; e che quindi esso non può perciò che essere l'oggetto *per* i sensi; ma sensi che non possono che essere condizioni dell'azione.

I.5. I simboli: dalle cose alle cose

Nella percezione il simbolico pertanto si confà ad un proprio ordine: quello di stabilire il concepimento graduale dell'esistente. La sensibilità come facoltà di *differenziare* è ciò che viene a costituirsi come fondamento strutturale della percezione stessa. Se non vi fosse la possibilità di assumere una qualsiasi differenza, noi non avremmo neppure la possibilità di percepire, e tutto convivrebbe in modo caotico e informe, quindi nulla, seppur ci fosse un qualsiasi sentire, potrebbe definirsi come qualcosa.

La facoltà sensibile non è del resto sufficiente alla percezione, essa ne è però un elemento principale. I sensi sono un continuo positivo; essi o sono senso o non sono nulla: se non hanno senso, non ci *giungono*. La sensibilità detiene pure una caratteristica costitutiva importante della percezione, quella di permettere al *continuo* una *cadenza*. E' questa che apre lo spazio al determinato, affinché possa inserirsi la differenza simbolica. Visti in questo modo però i sensi, nel loro continuo positivo, – seppur cadenzato, – non possono da soli ancora offrirci la possibilità di sentire qualche cosa, perché è solo attraverso il negativo, ossia ciò che interviene nelle cadenze come l'assenza 'vuota' data dal simbolo, ovvero la concezione del *nulla* (di concreto), che è possibile realizzare gli spazi vuoti tra le cose, e perciò le cose stesse.

Il simbolo assolve questo incarico: intervenire all'interno della sensibilità per far essere qualche cosa; ma per poter fare ciò non può che essere esso stesso un differente, dalle cose stesse. Il simbolo è come un emissario del pensiero che si accinge alle cose nella sua sostanziale diversità da esse. E' in questo modo che permette alle cose, attraverso la possibilità della differenza che esso stesso incarna, l'identità. Il simbolo nella sua diversità dalle cose offre la diversità alle cose, la loro possibilità di scindersi, di essere conoscibili. E' un nulla che mancando alla realtà la permette, proprio perché le offre la possibilità di uno spazio ove inserirsi, ed essere compresa.

Ma bisogna considerare il rapporto percettivo anche come ciò che avviene tra un soggetto che percepisce ed un oggetto percepito, perché questa relazione evidenzia un altro aspetto della differenziazione nel processo percettivo, ossia la sostanziale necessità del fatto che l'*uno*, per essere tale, deve la propria esistenza, più che a se stesso, all'altro.

Pertanto dopo aver visto come il simbolico crea la possibilità di concepire l'esistente attraverso la differenza, ora si deve notare il fatto che è nel rapporto tra soggetto ed oggetto che viene a generarsi la possibilità di una differenza tra gli oggetti stessi; è proprio per il fatto che *qualche cosa può essere diverso da me*, che *può anche essere diverso da qualche cosa d'altro*.

Ma altro fatto importante per il simbolico è anche quello di proporsi come dimenticanza. Questa va *oltre la differenza*. Dimenticandosi sostanzialmente di se stesso, – di essere ciò che permette il riconoscimento delle cose, – il simbolo diviene la caratteristica stessa di queste. E' in questo modo che la percezione come *differenza* lascia il passo alla percezione come *limite*. Essa ha qui condotto il passaggio da *semplice differenza* a *identità di qualche cosa*, perché ciò che era distinto ora si può identificare come *essere a sé stante*.

L'essere con il suo statuto positivo e universale è, da un piano percettivo, il risultato della totale riduzione di tutte quelle caratteristiche simboliche che lo facevano essere solo un ente; esso è quindi un 'torsolo senza polpa'. In sostanza il simbolico, assieme alla sua capacità di attribuire alle cose le loro caratteristiche, ha anche quella di toglierle; esso può quindi scorporare l'ente, ovvero permettere l'essere; questi è il garante d'unità, quella che fa in modo di poter considerare il mondo non solo come una semplice somma di differenze.

Così il colore rosso del sole non è il sole, come neppure il suo calore; anche se dire "è rosso ed emette calore" ci è sufficiente a riconoscere il sole. In questo caso, seppur non abbiamo conoscenza di cosa sia il solo essere del sole al di fuori delle sue caratteristiche sensoriali e simboliche, del suo essere appunto un ente, noi abbiamo però gli strumenti sufficienti a definirlo, ovvero a farne un elemento che ci comunica qualche cosa, in quanto strutturato sulla base del nostro pensiero, e quindi con la possibilità di *venire* da questi compreso, e ciò – bisogna dirlo – è anche il suo unico *essere* possibile!

Dopo aver considerato la funzionalità della percezione nel suo fornire carattere alle cose, in modo che queste possano appunto essere delle realtà, bisogna ora esaminare la percezione del *non essere*, ossia ciò che nella percezione accredita valore all'essere.

Il passo che ora viene reso esplicito oltrepassa sia la concezione della percezione fondata sulla differenza tra soggetto e oggetto, come quella sull'essere inteso come ciò che è isolato nei suoi limiti, e apre il discorso verso ciò che fa essere il simbolico, non solo ciò che rende conoscibile l'esistente, ma anche ciò che ci permette di comprenderlo.

Prima comunque di entrare in merito a questo discorso, converrebbe specificare quanto segue. Anche se la presente trattazione avviene assolutizzando i singoli argomenti, con ciò non si vuol sostenere che la loro fisionomia sia tale. L'aver distinto i vari assunti della percezione, non implica che essi siano isolati, negando la loro compartecipazione, anzi, apparirebbe proprio questa la risultante della percezione stessa. In effetti sono più sensi e più elementi simbolici a concorrere nella percezione. Una molteplicità che ha però solo un valore conoscitivo, e che per nulla è l'effettivo manifestarsi di qualche cosa che è in atto. La percezione non si attua mai come avvenimento isolato, questo ha solo un valore conoscitivo e non fattuale. Essa offre la sua materia, più che in singoli avvenimenti, in uno stato di concorrenze. Nelle singolarità tutt'al più questa può essere solo pensata.

Pertanto nella percezione non è solo la sensibilità attraverso i sensi propriamente detti a generare il sentito, ma anche la sua eco, come può essere ad esempio: il *sentire di sentire*. Qui appare evidente che nell'ambito della percezione non concorrono solo i sensi, ma bensì tutto quanto procura sentire, quindi anche il pensiero stesso, nel momento di pensare, come il ricordo, nel momento di ricordare.

Il ricordo, proveniente dal pensiero, è di fatto ciò che concorre nello stato percettivo a determinare la constatazione dell'assente. In effetti è solo la presenza del ricordo di qualche cosa che ci fa affermare o meno se qualche cosa ha avuto esistenza nel tempo, ossia in uno specifico presente.

Percepire l'assenza si profila perciò come un fluire differenziato di *presenza-assenza*. E' tramite il raffronto tra il pensiero di qualcosa e il suo sentirlo effettivamente che si comprende se qualche cosa c'è o meno. Ed è poi anche tramite il rapporto tra l'*essere* presente e il *non essere* presente di qualcosa, che possiamo praticare la simbolizzazione dell'essere come insieme di caratteristiche ritrovabili o meno. L'assenza diviene quindi la possibilità che l'ente non abbia più le sue caratteristiche e divenga essere, cosa che sarebbe impossibile se questi fosse qualche cosa, dato che una cosa senza se stessa non può che essere nulla.

L'assenza è possibile solo per l'oggettivazione che il pensiero costituisce, ed è solo l'essere che può divenire non essere, non l'ente.

Il non essere non è comunque molto diverso dall'essere; proprio perché la sua assenza è resa possibile da quella presenza che è il suo ricordo. Solo l'essere, del resto, può accettare le caratteristiche e divenire un ente, e non certamente il *non essere*.

In definitiva possiamo dire che in tutti i casi in cui un qualcosa sia o meno, ciò che muta è l'ambito in cui la cosa si offre alla nostra comprensione; muta solamente la sua disponibilità, non la sua possibilità di appartenere alla significazione. Avere come riferimento l'oggettività positiva del mondo come fondamento del certo, è quindi una considerazione parziale. E' un ragionare esclusivamente da viventi, volendo dimenticare che invece siamo anche morenti. In questo modo neghiamo valore a ciò che non è tangibile, pensando che il valore di disponibilità delle cose sia anche il significato che esse hanno per noi. In questo modo accreditiamo importanza solo a ciò che riguarda la nostra vita, trascurando la nostra morte. Questa non viene mai meno, anche quando l'unica nostra preoccupazione è vivere. Del resto, se vogliamo che la vita stia nella nostra considerazione, non possiamo che scostarci dalla sua 'interiorità'.

Così configurata la percezione, che dovrebbe essere garante d'esistenza e di verità, si trova a dover fare i conti, per essere tale, con elementi intangibili. Questi sono il simbolo, fondato sulla cadenza dei sensi, e a sua volta, fondatore della differenza. Differenza che permette all'essere di avere un limite, ma anche delle caratteristiche, che quando vengono percepite solo nella memoria annullano, con l'essere presenti solo in essa, la presenza delle cose.

Ciò ci permette di comprendere che la verità delle cose non sta né solamente in noi, come né solamente in queste. La formazione ontologica dell'esistente non può che incappare quindi nell'ambiguo concetto di *relativo*. Ciononostante però, anche se non è possibile sottrarci in alcun modo dalla *parzialità simbolica*, possiamo però scordarla, tramite quella lucida dimenticanza metafisica che l'assoluto ci offre.

La vita è certamente la nostra condizione; essa ci appare chiusa in sé solo se è nel suo limite che vogliamo stare. Altresì in essa, e solo in essa, possiamo anche rintracciare i segni del nostro senso più complessivo.

Segni invisibili? forse, anzi, certamente.

Sta di fatto che evidenziare la percezione nella luce simbolica equivale, oltre che ad intendere la realtà percepibile alla stregua di un linguaggio, al considerare la realtà come recepibile esclusivamente nella parzialità.

Il pensiero di un oggetto, per esempio una matita, non è la matita. La percezione che in noi si genera sentendo la matita, non è l'oggetto in questione, ma le caratteristiche che questo esercita nei nostri o altrui confronti: le forme e i colori visibili, il calore tattile, la possibilità di scrivere ecc. In definitiva l'essere della matita sta nei suoi predicati possibili, e cosa sono questi se non dei simboli?

Si pensi alla produzione artistica delle sfingi, oppure delle chimere o dei grifoni; queste creazioni fantastiche mostrano chiaramente la parzialità insita nella percezione, proprio perché ogni prodotto artistico esprime anche un sentire il mondo. Considerando ad esempio una sfinge, ci accorgeremmo subito che questa unifica elementi umani ed animali; come è possibile concepire ciò se non si è in grado di dimenticare che un leone non può vivere senza testa e un umano senza il suo corpo? Questa dimenticanza non è pertanto un'assunzione parziale che è possibile solo perché il materiale della percezione non è la cosa percepita? come potrebbe vivere un leone senza testa e un uomo senza il suo corpo?

La possibilità del simbolico non va confusa però con la rappresentazione che di essa si può fare. Se nella creazione della sfinge vi è stato un processo di sottrazione di alcune caratteristiche proprie degli esseri viventi: il corpo del leone, la testa umana, ciò non vuol dire che noi abbiamo *astratto* qualche cosa che era proprio del leone o dell'umano. Abbiamo solamente evidenziato delle caratteristiche che hanno valore per la relazione che si può avere con un leone, nella forza che dimostra ad esempio, oppure verso la bellezza e profondità psicologica dello sguardo umano, presente appunto anch'esso nel volto della sfinge.

Il simbolico, seppur distante dalla cosa, ne costituisce il suo reale corrispondente; solo tramite di esso noi possiamo pensare e parlare di oggetti. Ciò è possibile proprio perché la percezione si dispone all'interno del pensiero, essendo essa stessa una forma di questo: quella appunto predisposta alla sincronia con i sensi.

Pertanto, utilizzare il concetto di simbolico nella percezione, potrebbe sembrare una forzatura eccessivamente arbitraria, in quanto esso viene generalmente considerato come un'entità generata da una libera creazione, più che da una condizione determinata naturalmente; più un prodotto posteriore alla percezione, che non partecipe d'essa. In effetti il simbolico nella percezione è produzione umana, quella però indispensabile ad affermare l'umanità del sentire, nella sua peculiare e specifica necessità. Questa ha portata sostanzialmente differente dalla generica obiettività del sentire, proprio perché l'uomo non è l'umanità, anche in questo caso le necessità divergono.

Il simbolico, seppur appaia una verità parziale, trae da questo tipo di verità il suo essere indispensabile. Esso si pone nell'ambito della possibilità di comprendere, proprio perché non esiste consapevolezza che non sia in un *modo di giungere*. In questo caso il simbolico è quel qualche cosa che promuove comprensione. Esso, come prodotto tangibile, proprio perché realizzabile, non è comunque un semplice ed arbitrario elemento ritrovabile in modo introspettivo. L'evidenza della parzialità del simbolico, quando diviene manifesta in un prodotto comunicativo, ci offre la possibilità di circoscrivere il processo cognitivo che lo ha generato. Quel prodotto, allora, attraverso la possibilità di un riconoscimento sensibile, diviene non solo la verità di un particolare percepire, ma il fondamento della percezione stessa. La necessità della percezione umana è del resto un fatto 'voluto' dagli uomini, proprio perché a loro indispensabile.

I.6. Il senso

Ma tentando di approfondire ulteriormente il nostro discorso, e apparendo improbabile che *solo* alcune esistenze possano avere un senso, cosa invece fa in modo che ogni esistenza possa averne uno proprio?

Quali sono quegli elementi che si dimostrano essere costanti in tutte le esistenze?

E poi, se questi elementi costituiscono la possibilità del senso, questo, come è permesso? come si realizza?

Sarà forse che ciò che è *comune* è quanto fa in modo di avere *un* senso, mentre la *diversità* sia invece indispensabile a possedere *il* senso, quello peculiare, individuale...?

Del resto la parola *senso* possiede diverse accezioni, risultanti dagli svariati impieghi possibili. Ma ciò che è interessante di una parola non è tanto come è stata usata, ma i confini di significato che essa ha tracciato, divenendo appunto il 'veicolo' di alcune singolari concezioni. Perciò nella parola senso è possibile individuare alcune coordinate, che seppur mantengono ambiti diversi di significato, sono però ricongiungibili tra di loro.

La *prima* accezione che intendo considerare è quella della parola senso, inteso qui come qualche cosa che si dà ai sensi: "mi fa senso", "ha uno strano senso" ecc. In questo ambito perciò il concetto di senso è da intendere come ciò che ha in sé, sia il sentire, come il pensiero che a questa sensibilità si accompagna; quanto in genere chiamiamo percezione. Percezione di qualche cosa che si sente, che ci è immanente.

La *seconda* accezione interessa invece la parola in questione da un punto di vista orientativo: il senso di marcia di un oggetto

35

mobile, per esempio, ma anche, in modo più ampio, tutte le forme di movimento.

Una *terza*, in definitiva, è il valore di conoscibilità delle cose: "Che senso ha questa cosa?" "Che senso ho io ?" Questa terza accezione rivela perciò qualche cosa che non era presente nelle prime due, ma che allo stesso tempo le comprende. In questa accezione è ritrovabile una disposizione complementare, cosa resa evidente anche dalla forma *interrogativa* che gli esempi in questo caso hanno richiesto: domande che sono tali perché chiedono risposte appunto, che 'vivono' solo perché 'chiedono', sono in relazione, con le risposte stesse. Infatti il *valore* dell'esistente non è mai, come anche qualsiasi altro valore, *in sé*; ma bensì individuabile nelle distinzioni dei fattori relazionali che come concetto lo compongono.

Questo terzo impiego della parola senso evidenzia quindi che il suo significato sta in una interrogazione. Questa non è un elemento sostanziale del senso, ma la modalità per cui qualche cosa ci parli, ossia il modo in cui il senso di qualche cosa ci possa venire detto.

Una ricerca del significato del senso, che non abbia come fine né la scoperta (intesa come determinazione conclusiva), né la trasformazione del senso (eventualmente solo per agirlo), trova nel suo farsi, e non nel suo atto conclusivo, il termine. Esso consiste, non nel trovare risposte, ma bensì altre domande che mantengano aperto il significato stesso del senso, ossia il suo mantenimento in un percorso: in un senso appunto.

Il senso risulta quindi essere in questo caso una realtà la cui esistenza assomiglia molto ad esempio a quella della musica; questa esiste solo se si suona, quello invece solo se si mantiene aperta la sua domanda: "Che senso ha?"

Mantenere la domanda che tiene aperto il percorso, la strada di ricerca, il processo, è comunque simile a trovare una risposta:

quella sulla consapevolezza della necessità di vivere nel senso, ad esempio, ossia vivere nella sua domanda.

Ricercare il senso non può però neppure eludere le sue premesse: "Quali sono gli elementi che permettono una ricerca sul senso?" Questi, come si è visto, emergono nelle due accezioni precedenti, riconducibili alla sfera della *percezione* e del *movimento*. Ma il significato di come questi elementi interagiscono nella concretezza degli indefiniti sensi singolari, non è riconducibile a nessun tipo di risoluzione, ma ad un atteggiamento di attenzione e curiosità, che permetta di rimanere svegli nella domanda continua, nella volontà costante d'interrogazione del reale. Solo questo atteggiamento può permettere il mantenimento del senso in una condizione di consapevolezza, dovuta all'interrogazione dei suoi elementi costitutivi: come si dà? (percezione), dove va? (movimento). Trovare un senso è appunto chiedersi il perché di questo.

Pertanto il significato dell'ultima accezione sta nell'assunzione della percezione del mondo tramite le questioni del suo darsi e del suo divenire. Le domande che in questo contesto vengono perciò chiarendosi sono: "Perché ho una sensibilità? Perché devo sentire? Perché le cose si muovono o stanno ferme?

Bisogna comunque considerare che nei fattori percettivi e di movimento la presenza è un fattore preliminare; la presenza non può essere trascurata nel definire *ciò* che percepisco, sia come la mia presenza di entità che percepisce, che come presenza di ciò che percepisco. Del resto la presenza è necessaria anche per qualsiasi considerazione riguardante il movimento. Da me le cose non possono prescindere, come io da queste. Sta di fatto che l'esistente include anche la mia esistenza, la quale non è solo una parte dell'esistente, ma è ciò che lo rende possibile.

Si evidenzia quindi che in questa correlazione non è possibile applicare formule oggettivanti e conclusive, ma notare che la ricerca del significato del senso si articola in diverse fasi, le quali assumono in sé svariati elementi.

La presenza, che costituisce l'antecedente della percezione, la percezione, che costituisce l'antecedente del movimento.

Gli elementi citati, oltre che ad essere interrogati singolarmente (cosa è la presenza? la percezione? il movimento?) vanno interrogati anche nella loro complessità, ovvero come interagiscono tra di loro, in modo da poterci aprire alla consapevolezza delle condizioni *temporali* del senso stesso, in quella che si potrebbe definire come la *prospettiva complessiva* del senso: quella – sostanzialmente – in cui ci troviamo collocati.

I.7. Sul pensiero

E che funzione assolve in questa prospettiva il pensiero?

O meglio, è possibile parlare direttamente del pensiero se questi non ha un propria oggettività?

Perché è chiaro che quando parliamo di pensiero non possiamo che riferirci al *prodotto del pensiero.*

Ma il prodotto del pensiero non è il pensiero!

Allora questi che cos'è?

Per cercare d'individuare cosa sia il pensiero noi non possiamo che rifarci alla logica che sottostà ad una qualsiasi produzione. E' abbastanza ovvio notare che tutto quanto viene prodotto dall'uomo abbia una logica, ovvero un pensiero sottostante, possieda la provenienza da una volontà. I contributi psicanalitici del Novecento del resto vanno in questa direzione, essi dimostrano fede nella seguente considerazione: "Tutto quanto è umano possiede una logica", l'inconscio del resto nasce per rispondere a ciò che non sembrava logico. In questo discorso la logica è da considerare come ciò che motiva una determinata produzione, pur non coincidendo con questa. Essa, essendo una modalità del pensiero, allo stesso tempo non coincide con il fondamento del pensiero. Potremmo anche dire che se il pensiero fosse una materia, la logica ne sarebbe la sua forma; sarebbe il modo in cui il pensiero riceve la sua identità.

Questa caratteristica fa sì che si possa riconoscere un pensiero diverso da un altro. La logica assume questa funzione, in quanto dà un orientamento al pensiero. Essa può essere riconosciuta in quanto, in una qualsiasi produzione, è rintracciabile un *verso*, un'intenzione. Questo verso è riscontrabile nel prodotto che viene connotato come oggetto, ma non in sé, specificatamente in come la cosa nella sua materialità è stata trasformata nell'identità di un oggetto. E' in questo modo che si ritrova la sua logica e la sua forma. Bisogna però fare attenzione a non intendere la forma del prodotto come ciò che conclude il prodotto nel suo in sé autosufficiente. La forma rimanda costantemente all'atto, all'intenzionalità, che ha infuso un verso, un indirizzo, quello riscontrabile nel prodotto. Rimanda sostanzialmente al 'lanciatore'; rimanda sempre all'esercizio del pensiero, assunto nella sua dimensione che indirizza, tramite il *verso*, il prodotto stesso.

Questa situazione di continui rimandi ad altro che non è mai 'quello', evidenzia l'impossibilità di collocarci in condizioni assolute. Il prodotto che rimanda ad una logica, che rimanda ad un pensiero, che rimanda ad un soggetto, e potremmo continuare in questa catena di relazioni. Viene perciò in luce che, all'interno di una definizione, ci dobbiamo sempre rivolgere a quello che è impossibile trovare nella definizione stessa, dobbiamo sempre e sostanzialmente riferirci a quel *non è*, che manca alla definizione.

Il *non è*, è una condizione del pensiero, anche quando questo lo si considera come un'entità concreta. Questa condizione è una costante d'accoglienza; è l'elemento per cui il pensiero ha la facoltà di com-prendere ciò che non gli appartiene: ciò che *non è* appunto pensiero.

Effettivamente nell'esposizione qui condotta emerge un'immagine del pensiero come ciò che manca di una propria fisionomia. Qui il *non è* che funzione ha assolto? Possiamo considerarlo come l'universale assoluto di ciò che è *altro* solamente, o dobbiamo considerare il *non è* anche come qualche cosa *che è*? Di fatto che il pensiero non sia visibile se non nel suo prodotto non giustifica l'inesistenza del pensiero. Se l'*essere* è un'esistenza qualsiasi (ovvero una assolutizzazione dell'esistente, della presenza), e il *non essere* l'assolutizzazione di un non esistente (ossia altro: ossia l'assenza della presenza), che incidenza ha questa assolutizzazione all'interno del pensiero?

Forse la possibilità della relativizzazione?

I.8. L'assoluto e l'essere nel pensiero produttivo

Ora, volendo cercare di capire cosa sia il pensiero umano nelle sue peculiarità, non è possibile sottrarci dalla seguente domanda: "Che cosa ha reso l'uomo (che possiede il pensiero produttivo) diverso dagli altri esseri viventi (che non lo possiedono)?"

Per cercare una risposta a ciò conviene considerare quando l'uomo intraprende le sue prime produzioni, quando diviene *habilis*. E' sostanzialmente l'abilità che rimarca un'intelligenza fattuale, e che lo differenzia dagli altri animali.

E questa abilità che origini possiede? come si forma? quali sono le strutture mentali che la presuppongono?

Cercando di rievocare le possibili prime abilità degli esseri umani, si può pensare a questi primi uomini che utilizzano un bastone, o un sasso, per togliere un frutto da un albero, uccidere un animale, scavare delle radici dalla terra, ecc.

Che cosa è avvenuto?

Di fatto questi uomini hanno realizzato gli strumenti, sono riusciti ad ingegnarsi, ovvero hanno fatto in modo che il ramo di un albero non fosse più tale, ma diventasse un bastone, e il sasso non più pietra, ma un'ascia, un coltello, un raschietto. Il nuovo processo mentale che viene ad affermarsi è quello dell'insorgenza dell'assoluto. Assoluto come facoltà di *isolare*, di *dimenticare*, principalmente che un bastone è ramo, e un sasso pietra.

Dimenticare ciò equivale a un *non ricordo* temporaneo dell'immediatezza e completezza delle cose, il contrario di una *astrazione*, ovvero il contrario di un atto che ha come premessa indispensabile l'attribuzione alle cose di un qualche cosa, dato che solo così poi gliela si può togliere. La dimenticanza è invece qui di qualche cosa che fa divenire la cosa, un'altra cosa; e che poi solo più avanti possa dimostrarsi utile come gli arti o piuttosto inutile, dal punto di vista strumentale, come le chiome dei capelli, ovvero assimilabile o meno alle funzioni svolte e intendibili attraverso la percezione e l'impiego primario del corpo.

In questo caso l'attribuzione è impropria, perché fondata su un processo di dimenticanza – non di astrazione, – come quando incontrando una persona non ci sopravvenga il nome, e l'appelliamo con un nome diverso dal suo. Qui l'intenzionalità non è causa della dimenticanza, come è invece potrebbe essere per l'astrazione. Qui l'intenzionalità assume un ruolo secondario, e si genera solo in un secondo tempo, quando sono già sorte le condizioni date dall'isolamento dell'assolutizzazione. Senza queste precondizioni, di fatto, non si comprenderebbe molto come un essere umano abbia potuto ad un tratto pensare che un ramo potesse essere un bastone. Se invece si utilizza in questo processo la mediazione dell'*assoluto* generato come *dimenticanza*, è possibile ricostruire la genesi del pensiero produttivo.

Effettivamente è attraverso il ruolo cardine del processo assolutizzante, che è possibile l'attività del pensiero, essa trae origine dal simbolismo percettivo, ove il simbolo è sostanzialmente un'assolutizzazione: dimenticanza di alcune caratteristiche di una determinata realtà, che viene sottratta al mondo delle cose per consegnarsi a quello del pensiero stesso. Assoluto è in sostanza anche il concetto di *essere* e quello di *non essere*, che sono fondamentalmente predicati simbolici a cui ricondurre tutto ciò che è percepibile, quindi presente, o meno.

E' perciò attraverso l'assoluto che si rende possibile l'isolamento di qualche cosa come *essere*. Ed è per questo che dell'essere non se ne può avere esperienza.

L'essere acquisisce perciò nel pensiero produttivo la funzione veicolatrice, rendendo possibile che un qualche cosa divenga qualche cosa d'altro, pur rimanendo se stesso.

L'essere, come assoluto, è la possibilità della relativizzazione. Tramite l'*essere*, diverso dall'*essere precedente*, esso può anche essere *non essere*, un *non* più quello di prima. La sua condizione assolutizzata è quindi anche la possibilità della coincidenza degli opposti. E' la possibilità che qualche cosa sia anche il contrario di se stesso, pur rimanendo tale, ovvero che qualche cosa si relativizzi nel suo accadere.

L'essere, essendo in tutto, non ha di fatto una *sua* consistenza, ed è perciò anche non essere: lo spazio vuoto che si dispone ad accogliere tutto! Con questa funzione assolutizzata, l'essere non è qualche cosa, ma ciò che permette, essendo tutte le cose, e nessuna cosa, di trasformare le cose, dato che possiamo modificare il pensiero che di queste abbiamo.

L'essere dell'assoluto è il pensiero che fonda qualsiasi creazione, dato che è l'elemento che permette un passaggio tra essere e non essere: tra una cosa e l'altra. Con questa funzione l'essere dell'assoluto crea le condizioni di un percorso, un orientamento di senso di ciò che il pensiero può produrre attraverso un prima ed un dopo, oppure tra una causa ed un effetto, ma anche attraverso una costituzione ideale che si pone come sviluppo di una data realtà.

I.9. Espressione simbolica

L'attività del pensiero produttivo si realizza perciò tramite i simboli, ed è per questo che nella forma simbolica sono presenti i percetti, ovvero ciò che attribuisce alle cose la caratteristica di esseri che si offrono ontologicamente a noi attraverso la percezione. Ma perché questi percetti possano comunicare con noi, devono possedere un'intenzionalità riscontrabile in un movimento o traccia di esso, che ne ha determinato un senso. Ad esempio, non è sufficiente che qualche cosa ci si dimostri come molle (percetto), ma abbiamo bisogno di sapere perché esso ci viene offerto in quello stato. Questa caratterizzazione intenzionale può, a mio avviso, essere ben presentata attraverso il concetto di *espressione simbolica.* Essa differisce dalla semplice e costituzionale forma simbolica percepibile, in quanto ha in sé l'intenzionalità di un movimento, di una 'pressione'.

Se consideriamo come *espressione simbolica* ciò che è unito alla produzione di una qualsiasi cosa, ogni cosa prodotta avrà, oltre all'utilità preposta (ad esempio per una caffettiera essere funzionale a produrre il caffè, oppure per un soprammobile permettere di adornare una stanza), anche un significato. Partendo dal presupposto che in qualsiasi azione, e quindi anche in ogni oggetto prodotto dall'uomo, vi è sempre connessa anche un'intenzionalità, questa produce sempre un senso; ed è questa che c'inserisce sul piano linguistico, in modo da permetterci la comprensione delle cose. Quanto detto finora, evidenzia che il passaggio dalla *percezione simbolica* all'*espressione simbolica* è determinato dal differente carattere comunicativo attribuibile a quest'ultima.

Questo è permesso da quelle implicazioni relative che non sono presenti nella percezione simbolica. La percezione simbolica determina l'oggetto, l'espressione simbolica determina il *senso* dell'oggetto.

L'espressione simbolica si contestualizza sempre in un evento comunicativo, ed implica perciò due estremi: A e B; ove il primo genera per il secondo, il secondo accoglie per comprendere il primo. In sostanza il valore della comunicazione non è mai rintracciabile nell'azione o produzione per se stessa, ma nell'*intenzione* sottintesa in quell'azione o produzione; di qualsiasi livello essa sia. Per esempio, in un'opera d'arte l'intenzione di esprimere l'anima delle cose o dell'artista, in natura, rintracciare l'espressione di un Dio creatore, in filosofia intravedere un principio totale di volontà governativa...

La scienza moderna, a diversità, non ricerca nelle sue indagini l'intenzione, ma si limita a registrare le condizioni causa effettuali, privando pertanto di espressività e significato i rapporti. Di fatto la scienza informa, più che comunicare, anche se si pone nella direzione del senso all'interno della dinamica causa-effetto. Essa ha trasformato l'autore A in una causa, e il fruitore B in un effetto, sottraendo al senso una parte fondamentale della sua possibilità di significare l'essenza dell'esistente. Evidenziando solo come arriva, e a chi giunge il senso, viene assolta solo la parte funzionale più che quella essenziale del senso. La scienza ci informa su quali sono gli atteggiamenti migliori per meglio agire a favore della vita. Essa non ci fornisce nulla di quello che la vita può significarci, in quanto riduce le differenze solo a differenti possibilità di vita, più che a diverse possibilità di senso. Essa quindi non ci dice nulla, per esempio, di perché dobbiamo vivere.

L'inespressività della scienza non ci permette quindi di attribuire alle differenze un significato che oltrepassi la validità dei possibili modi di vita, sottraendoci pertanto il nesso stesso della vita. Questo non risiede esclusivamente nelle sue funzioni e modi di essere.

Nel simbolismo il percepito è elemento costitutivo anche del simbolismo espressivo: ciò che è molle è anche dimostrazione di mollezza. Il percepito, assieme al modo stesso di percepire, forma la materia simbolica. Tale materia nell'espressione verrà intenzionata da fattori emotivo-razionali, se riferibili all'uomo, altri, per altri tipi d'entità o principi espressivi. L'intenzionalità così ricevuta permetterà la comunicabilità della materia, ossia il suo senso. Ovviamente più il senso sarà rintracciabile, più l'intenzionalità sarà riconoscibile, e quindi le possibilità di significazione maggiori.

Gli elementi del linguaggio, come ad esempio la parola, sono sempre luoghi co-muni, ove è possibile rintracciare un senso già predisposto, proprio perché anche le parole, come i percetti, prima di poter essere espresse debbono venir percepite o comprese. Gli elementi del linguaggio sono quindi un *già fatto* di senso riconoscibile, che riduce l'esecuzione della comunicazione ad una scelta di elementi più o meno corrispondenti alla propria percezione, in modo da ordinarli in una forma comprensibile agli altri, come a se stessi.

I.10. Gli strumenti

Essendo l'assoluto la condizione isolativa del pensiero, esso è anche la condizione fondamentale della razionalità. L'assoluto infatti si muove nelle cose affinché il loro stato di pre-essere, il loro indistinto, sia intelligibile; e sempre nell'istante della loro intelligibilità, queste diventano però altro dalle cose, acquisendo così il loro stato di ambiguità costituzionale.

L'assoluto ha perciò una funzione strumentale, è il principio di un qualsiasi strumento atto ad effettuare una funzione. Tramite questo strumento la realtà diviene – non un tutto caotico, – ma molteplice e definibile. Questa possibilità isolativa attuata dall'assoluto è la premessa all'ordinazione, quindi anche alla possibilità di una corretta collocazione degli elementi conosciuti.

In questo modo l'assoluto come strumento è inoltre il principale elemento tecnico, quello sulla cui configurazione si costituiscono tutti gli altri.

Potremmo anche dire che l'assoluto non è un elemento percepibile e reale, ma ciò che permette di mettere a frutto la percezione; che non è un elemento conoscibile, ma ciò che permette la conoscenza; che non è uno strumento concreto, ma ciò che permette il passaggio, ossia la trasfigurazione delle cose: l'azione dell'uomo.

Quanto affermato risiede nel fatto che l'assoluto, prima di *essere*, è un *non essere*: un calco vuoto che può contenere qualsiasi essere. E' questa la sua natura trascendentale e metafisica.

Pensiamo ad esempio ad uno strumento d'uso comune: una forbice. Questa innanzi tutto è una cosa, non un aggregato indistinto di cose, e può esercitare una funzione per volta, non un insieme caotico di funzioni assieme. Appare chiaro che se noi non avessimo queste concezioni mentali garantite dall'aver assolutizzato in unità fisiche e cronologiche determinate condizioni, non avremmo nessuna possibilità di poter utilizzare le forbici.

Una cosa, *una* funzione, sono perciò prima di tutto unità, entità vuote, che solo dopo possono divenire cosa o funzione. E' proprio grazie a quest'*uno,* a questa unità, che si può vedere nelle forbici, non la caoticità della materia, ma un dato strumento! Quello per cui è avvenuta la sua progettazione e realizzazione, oppure trasfigurarsi per ipotesi funzionale in un fermacarte, o un coltello, a secondo di altre necessità pratiche. E' del resto solo tramite l'assoluto che possiamo distinguere una realtà da un'idealità. Una realtà potrebbe essere lo strumento concreto delle forbici, un'idealità il motivo funzionale per cui l'oggetto reale è stato costruito.

Solo isolando la funzione dall'oggetto è possibile porre realtà e idealità come due entità distinguibili e quindi intercambiabili. In questo modo una funzione può anche venire esercitata da più strumenti, e viceversa.

Su questo principio si basa anche la strumentalità del linguaggio. I *medium* espressivi possono essere intercambiabili, ovviamente con i limiti strutturali che vi si addicono, perché in fondo non è pensabile, anche se possibile, mietere un campo di grano con una forbice.

I.11. I limiti dell'assoluto

L'assoluto ha perciò modificato i semplici animali in 'animali umani'. Esso s'indugia come ciò che permette la trasformazione del vivente, il quale può così mutare il suo atteggiamento nei confronti di ogni cosa. L'assoluto non potrà mai quindi essere un'esistenza, ma solo ciò che permette la decifrazione e trasformazione di ciò che entra nel suo ambito: ciò che entra nel concetto d'*esistere*.

Di fatto quando noi nominiamo una qualsiasi cosa come essere, questo essere è tale semplicemente come concezione del nostro pensiero. L'assoluto non potrà mai dirci cosa sia il nostro dolore o il nostro piacere, ma potrà altresì dargli un volto, proprio attraverso quelle entità deputate alla comunicazione quali sono anche le parole stesse, le quali, seppur non hanno *in sé* quel piacere o quel dolore, sanno però – assieme alla voce di chi parla – portarlo *con sé*.

L'essere costituito dall'assoluto non è una realtà, e non può neppure venire rintracciato, dato che non è altro che una possibilità, o meglio, *la possibilità dell'assoluto*. L'essere perciò, in quanto tale, compare solo come fatto, quando qualche cosa ha trovato un ordine nella concezione e si è costituito come un'entità.

L'essere non può quindi oltrepassare il limite d'essere un qualche cosa che non è. In questo senso esso, pur esistendo come ciò che individua le cose, non possiede una propria esistenza. Il paradosso sta proprio in questo: essendo appunto l'essere deputato ad affermare l'esistenza delle cose, esso non può averne una, in quanto è la possibilità della trasformazione, ma non la trasformazione stessa, cioè *non altro*.

L'essere perciò metaforizza le cose, gli dà esistenza, proprio perché esso non la possiede. Sta di fatto che per affermare l'esistenza di qualche cosa occorre che noi *siamo*, ossia, siamo *in* essere; ed è perciò su questa base, e solo tramite questa, che noi possiamo anche affermare l'esistenza di qualche cosa d'*altro*. L'essere non è quindi rintracciabile né in me, come nella cosa di per sé, anche se è a questa che attribuisce esistenza; esso è ciò che nasce sempre per qualche motivo, per assolvere un compito ad esempio, come per avere un senso.

Il limite dell'assoluto e dell'essere, intesi entrambi come condizioni dell'unità, sta proprio nel non avere un'esistenza propria, ma di essere solo ciò che permette di pensare e trasformare la realtà. Non esistendo nessun essere *in sé*, e non essendo l'essere *proprietà* delle cose, ma solo *rapporto* tra le cose, l'esistenza dell'essere si ritrova sempre in un'affermazione relativa, così come la verità, che necessita sempre di una conferma, per essere tale.

Comprendendo che l'assoluto non può essere garante di verità, e che può solamente produrre *esseri* con nessuna garanzia d'esistenza in sé, di verità in sé, bisogna considerare che nonostante l'uomo sia riuscito ad isolare, ossia a dimenticare parte del reale, ciò non gli può dire nulla di nuovo: non lo emancipa da un *prima*. In questo senso perciò il coglimento della vita rimane nell'immediatezza sensibile, nell'inspiegabilità dell'assioma, simile in un uomo come in qualsiasi altra cosa. Come potremmo difatti affermare che la nostra esistenza ha più valore di quella di un granello di sabbia? In realtà non lo possiamo. Attraverso l'assoluto possiamo solo affermare la nostra identità e peculiarità esistenziale, ma nulla però che sia paragonabile ad altro.

L'assoluto essendo ciò che ci caratterizza, seppur non ci faccia conoscere nulla di diverso da ciò che già cogliamo immediatamente, ci può però permettere di trasfigurare le cose, di agire nel mondo, ma anche di averne i prerequisiti, ossia divenire consapevoli del nostro potere di determinazione. L'assoluto ci può permettere, non tanto di cogliere diversamente da quanto saremmo in grado di fare anche in sua assenza, ma di essere coscienti di come agiamo e con quali finalità, e quindi allo stesso tempo anche di poterlo affermare.

L'assoluto ci permette tramite la possibilità d'esprimerci di trasmigrare: di non rimanere conclusi nel nostro essere, ma di offrirci ad altri esseri. Ci permette di trasmettere ciò che ci anima: la nostra anima, e di devolverci verso quanto trascende la nostra identità singolare, per profonderci in altre individualità. Un *altro* che qui è appunto una *diversa* identità, non individuabile, o almeno non più identificabile in un singolo corpo umano, ma bensì in ciò che potrebbe definirsi il mondo, o il senso dell'umanità, o Dio. Un'identità comunque *allargata*, forse una specie di corpo nuovo, una specie di essere collettivo.

Il carattere principale dell'assoluto è perciò, nonostante esso partecipi a tutti gli avvenimenti della nostra singolare esistenza, quello di indirizzare, tramite la realizzazione di consapevolezze, verso una finalità etica, ossia di sviluppo e generazione di nuove condizioni d'esserci. Ma attenzione – non solo riguardanti il nostro particolare tempo, – perché in gioco qui c'è un concetto universale, ossia quello del futuro complessivo di tutto l'esistente. E' questo il peso effettivo dell'implicazione etica che il 'possesso' dell'assoluto comporta.

I.12. L'assoluto dell'uno e i suoi molti

Se quindi l'assoluto è rintracciabile nella fisionomia dell'essere, quest'ultimo non è comunque individuabile se non nel suo senso, il quale, come tale, *non-è-in-sé*. Questo aspetto svuotante di contenuti in sé, non sottrae la referenza, ma mostra solo che questa è *fuori luogo* dal suo se stesso.

In effetti più ci si allontana dalle cose, e più le si ritrova, più si dà parola all'indicibilità delle cose, ciò che non è evidente in loro, più ne cogliamo il loro senso. Del resto non è plausibile un senso assoluto slegato dalle sue relazioni; ed è logicamente incomprensibile qualche cosa che non si sa, né da dove venga, né dove vada. Perciò se l'assoluto può essere riconosciuto nell'essere, l'essere può a sua volta essere riconosciuto nel non essere. Ma il non essere non è la mancanza d'esistenza, dato che questa è già qualche cosa che appartiene in fondo all'essere stesso. Il non essere è solamente la negazione di un determinato essere, il negativo che porta in superficie l'evidenza dell'essere, non in quanto *cosa in sé*, ma in quanto determinazione costituita tramite i rapporti, ossia tramite quei nessi portati alla luce dal molteplice e dall'assolutizzazione del caotico.

Perciò bisogna porre attenzione al molteplice, e non considerarlo come un semplice *molto* matematico, come insieme di esseri, perché ciò non ci dice nulla del senso individuale di questi esseri. Un molteplice fondato invece sul principio differenziale d'identità, che dica: "questo *qui* non è quest'altro *qui*" invece di dirci solo "questo è come quest'altro" oppure "questo non è quest'altro", definisce l'essere, non come *uno*, ma come *unico*, ossia lo definisce in un proprio senso, non interscambiabile e di primaria importanza, quindi non solo strumentale e neppure solo trascurabile.

Se ipotizzassimo quindi a tal fine una matematica che tratti il molteplice nel modo accennato, anche le seguenti operazioni avrebbero probabilmente un esito diverso da quello consueto:

1 - 0 sarebbe = 0

perché l'essere senza il suo senso non ha esistenza;

1 + 0 sarebbe = 10

perché l'essere più il suo senso non si sommano nell'essere ma si uniscono;

1 : 0 sarebbe = 1

perché il non essere può stare nell'essere tante volte quante bastano per dargli esistenza;

1 x 0 sarebbe = 0 o 1

una volta un senso diviene un senso senza essere, o un essere senza senso.

In queste operazioni emerge che quell'essere deputato all'esistenza non è mai tale in assenza del suo non essere. Diviene esistente solo tramite l'ambiguità di ciò che non è in esso, proprio come un cielo grigio può diventare sia presagio di *morte*, nel simbolismo di un dipinto, o viceversa idea di fecondità e *vita*, nei confronti di un contadino che possiede un campo arso dal troppo sole.

La matematica, come in genere le scienze che su questa trovano espressione, hanno esautorato il *non essere* dall'essere; hanno tolto l'opposto dell'essere, confinandolo nel ruolo di essere solo ciò che contraddice e annulla l'essere stesso. In questo modo l'essere senza il suo *non*, continua a riprodurre se stesso, ed è perciò ovvio che fatica a contraddirsi, ma è anche per questo, ovvero nella mancanza di reversibilità, che non riesce mai a dire nulla di diverso. In fondo la matematica profonde razionalità ed è tanto più pura tanto più riesce ad essere tautologica, continuando a riprodurre le proprie idee senza mai fecondarle, ma bensì solo aggregandole o disgregandole continuamente.

In effetti si osservi:

$$10 \times 10 = 100$$

perché 10 volte 10 esseri sono 100 volte 1 essere, ossia 100 esseri non simili ma uguali, ovvero l'uno duplicato 100 volte;

$$10 : 10 = 1$$

ossia il modo per far decrescere i 10 esseri ad uno: il contrario della duplicazione;

$$10 - 10 = 0$$

anche questa un'operazione decrescente, in cui lo 0 rappresenta semplicemente la mancanza completa, in fondo un'operazione inutile, in quanto rappresenta solo l'assenza di numero ed equivale solo alla sostanziale assenza di matematicità.

$10 + 10 = 20$, compositiva crescente, in cui i multipli di uno si sono riprodotti fino al risultato.

E' ovvio che se l'uno dovesse guardarsi allo specchio non potrebbe mai vedere altro che sé, anche addizionando o sottraendo gli specchi. Ciò non creerà mai contraddizione, a meno ché ci si soffermi sull'assoluto dello specchio, su quello zero che gli rimanda il suo essere; che rispecchiandolo gli offre la possibilità di un senso trascendente. In effetti lo zero in matematica come è risaputo assolve principalmente due funzioni: quella posizionale, mostrando quante volte una cosa *c'è*, oppure quella d'indicare se questa cosa *non c'è*. Qui lo zero è un semplice servo dell'uno, e lo aiuta a districarsi dall'imbarazzo di riflessioni troppo articolate, quando in sostanza i conti non tornano. Lo zero matematico non indica mai il senso dell'uno; non è mai lo specchio che dice: "questo sei tu!"

I.13. Il principio di non contraddizione

Uno zero che assomiglia quindi molto al nulla, un nulla simile anche a quello del principio di non contraddizione, proveniente dal fatto di fondarsi sull'assoluto, ma soprattutto, da quello di lì rimanervi. L'assoluto assurge in questo caso a entità di riferimento per se stesso; non essendo posto in una dimensione relazionale, esso rimane assolutamente in sé, rimane la possibilità di un'enunciazione che però manca del proprio significato. Considerando l'essere come derivato dal pensiero assolutizzante e ponendolo all'interno degli enunciati del principio, è possibile affermare che *questo essere non è quello*. Ma, nonostante questa affermazione, noi non sappiamo ancora *assolutamente* nulla né di *questo* essere, come nemmeno di *quello*, proprio perché se questo non è quello: allora cos'è?

Il principio di non contraddizione rimane perciò nella sua purezza, enuncia come avviene ad esempio quel rapporto, ma non dice nulla del suo soggetto sostanziale; è come si dicesse: l'uno non è lo zero, ma poi di quest'uno non diciamo nulla, come del resto dello zero. Ciò rende evidente che l'assolutizzazione su cui il principio stesso rimane fondato per enunciare l'impossibilità della contraddizione, è anche ciò che non gli permette di contraddirsi, ossia di poter veramente parlare.

Se altrimenti noi volessimo tentare di sapere cosa sia *questo* o *quello*, e come sia possibile pensarlo in modo sensato, ci accorgeremmo dell'impossibilità di rimanere nella definizione assolutizzata, proprio perché è impossibile sottrarre alla realtà ciò che essa è. Ci accorgeremmo quindi che non potremmo che dire: questo è quello, e quello è questo. Ci accorgeremmo della inestricabilità di qualsiasi riduzione sostanziale, come è appunto una qualsiasi definizione.

Ponendoci quindi il problema di voler definire una qualsiasi cosa, noi non possiamo sottrarci dall'ordinamento assolutizzante del pensiero. Definendo ciò che una cosa è, noi non possiamo fare a meno di dire *come* essa ci si offre, *come* agisce su di noi, oppure *come* si differenzia dalle altre cose. Qui non si tratta di dire che la cosa in sé sia inconoscibile, in quanto noi attraverso le relazioni di differenza possiamo dire molto, anzi, tutto quanto è importante dire. Effettivamente la cosa in sé non potrà che essere inconoscibile, data la sua assolutezza, ossia dato che essa assolutamente non esiste.

Il principio di non contraddizione è inconfutabile, proprio perché non ha altri riferimenti che se stesso. Che A sia uguale ad A è una verità assoluta, proprio perché al di fuori di una qualsiasi possibilità dell'esperienza: come è possibile confrontare qualche cosa con se stesso?

Questa verità inconfutabile, appare però meno vera della verità che invece è di *qualche cosa*, e che perciò rimane anche sempre confutabile, sempre ai margini di quel principio che non apporta nulla di sensato, e che essendo per sua natura vuoto, non può certamente essere confutato dalla pienezza effettiva della vita.

Il principio, come la matematica, non dice nulla delle cose, ma solo come esse si aggregano o disgregano.

Quando però le cose devono parlare, allora queste rompono gli argini, si interscambiano, si muovono, non ne vogliono sapere dei principi, in quanto anelano ai fini. E il principio di non contraddizione diventa di *contraddizione*, di necessità di contraddizione, perché solo in questa è possibile una nascita, e non una semplice riproduzione. Quando il *senso* prevale sulla *forma*, il principio di non contraddizione si stravolge ed afferma *questo è quello*. Perché essi non hanno veramente una vita distinta, anche se attraverso l'assoluto è possibile pensarli e nominarli come tali.

Il principio di non contraddizione è il tentativo di obliare l'accidentalità del destino attraverso un'immobilità formale e conclusiva, in questo caso tramite qualche cosa che è appunto l'eternità di ogni *se stesso*, ossia il garante di una perfezione che è tale solo perché si basa sul nulla; perché ha rimosso tramite la tautologia tutto ciò che gli permetterebbe di avere senso, e quindi anche la possibilità di contraddizione. Il valore di una concezione scettica sta nell'evidenziare che qualsiasi discorso è sempre aperto, non può mai divenire concluso, a meno ché non si tratti solo di un discorso. Perciò quando il principio di non contraddizione afferma che questo non è quello, non dicendo cosa è questo, si pone al di fuori da qualsiasi argomentazione, in quanto rimane nel semplice gioco dei significanti, senza considerare i suoi *propri* significati.

Del resto, appena si provasse a dare attraverso la logica del principio di non contraddizione un nome al significato, il sofisma trionferebbe. Se ad esempio noi affermassimo: "Questa matita non è quella!" ci verrebbe anche subito da chiederci: "Ma cosa ha questa matita a differenza di quella? e risponderemmo: "Questa è rossa e quella è bianca!" Al ché un altro quesito ci si affaccerebbe: "Ma il bianco non è frutto della somma di tutti i colori? quindi anche del rosso, perciò anche quella matita è rossa!" E di nuovo: "Si ma questa è più grande di quella!" e subito a controbattere: "Ma se allontanassimo maggiormente da noi quella più grande, tanto da farla sembrare più piccola di quella piccola realmente, non ci risulterebbe che la matita che si diceva grande è più piccola e viceversa..." e si potrebbe continuare certamente con questi esplicativi giochi eristici.

Ciò evidenzia che quando ci si sottrae da un formalismo vuoto, il campo diviene necessariamente incerto. Ma è però anche da questa incertezza che scaturisce l'indefinito; ovvero la possibilità di entrare a far parte di un processo che ricerca il senso della definizione, più che la sua inoppugnabilità. Se solo noi potessimo pensare a qualcosa di effettivamente concluso, come vorrebbe il principio di non contraddizione, probabilmente saremmo riusciti ad azzerare completamente anche il senso stesso di ogni esistenza. Perché quando si ha a che fare con qualche cosa che non può che essere concluso, ossia che non permette più nessun tipo di contraddizione, ci si trova ad avere a che fare anche con la grandezza del *potere di determinazione*, il quale vuole essere solo ammirato nella sua narcisistica perfezione, non concedendo alle cose più nulla del loro *se stesse*.

Il principio di non contraddizione è una assunzione assiomatica della sensibilità, ma quello che gli manca è proprio quest'ultima.

Esso indica solo l'opzionabilità della scelta, ma non dice comunque nulla sull'importanza di cosa scegliere, ci dice sostanzialmente di non contraddirci, ma non che la realtà non sia contraddittoria, anzi la sua esistenza come principio – o come rimedio – ha proprio il valore di convalidare la contraddittorietà dell'esistente.

Il principio di non contraddizione è quindi una dottrina morale che sostiene la priorità della vita, mostrandola come legge: vivere comporta vivere, e niente altro! proprio perché altresì non si potrebbe vivere. Di fatto è proprio per questo che per vivere non si può morire, ossia non ci si può contraddire.

I.14. Dialettica

L'assoluto è quindi la possibilità di un legame, ma non offre nessuna opportunità costruttiva quando lo si adoperi, come si è visto, semplicemente ai fini di escludere. Così oggettivo e soggettivo, quando non rientrano entrambi nella considerazione dell'esistente, rendono questa considerazione parziale. In genere si è portati a considerare il soggettivismo come uno stravolgimento. Ciò potrà essere, ma non più di quanto avvenga anche con l'oggettivismo, il quale, bisogna ricordare, è appunto sinonimo di scientifico, di tutto quanto può obiettivamente essere verificato, e quindi considerato vero o falso. Non va neanche dimenticato però, che questa possibilità è tale, solo perché vi è un'assenza: l'assenza del soggetto.

A cosa ci serve conoscere il mondo se non c'è un suo vero apprendimento? Noi nel conoscere non possiamo rimanere esclusi, come nemmeno dobbiamo trasformare tutte le cose in mezzi. Comprendere-comprenderci, capire-capirci, significare-significarci, definire-definirci, vanno di pari passo.

E' perciò importante pensare soggettivismo e oggettivismo, non tanto come elementi che liberi si realizzano pienamente, ma come ciò che nella dimensione del senso essi indicano; in modo che attraverso la loro differente posizione, si renda possibile l'apertura di un percorso realizzabile, in modo che in questa complementarietà anche noi abbiamo la possibilità di venire compresi.

L'oggetto che si soggettivizza non è da considerare solo come strumento per un adattamento, ma anche come luogo in cui è possibile rintracciare il soggetto. In ciò è ravvisabile una dialettica in cui l'oggetto non è semplicemente un'acquisizione del soggetto, non è solo la possibilità, attraverso la concezione di *mio* (che funge generalmente da prolungamento psicologico e da oggettivazione dell'*io*), che l'oggetto possa appartenere a qualcuno.

Del resto anche il corpo stesso è un prolungamento, o se vogliamo con altri termini, un'acquisizione oggettiva della nostra idea
di io; non a caso quando ne parliamo lo nominiamo come *mio*.
Quando consideriamo le cose come *mie*, esse rispondono concettualmente alle caratteristiche della strumentalità. Essendo mie,
mi obbediscono, e mi garantiscono un potere di determinazione,
sia sulla realtà naturale, che su quella sociale. Ciò avviene attraverso l'attribuzione che l'oggetto, sotto forma di sviluppatore
dell'identità, mi offre in consistenza specifica, in 'peso', in capacità di determinazione, appunto.

Come il corpo può essere considerato un oggetto, quando è inteso come diverso dall'io, così pure gli oggetti possono acquisire
idealità, ovvero sottoporsi all'idea del proprio io, quando appunto divengono *miei*. In questo senso la reciprocità appare semplicemente come possibilità di allargare o restringere il proprio io
tramite l'uso dell'oggettività.

Non esiste in questo modo uno scambio effettivo, una conti-
nuazione 'misteriosa', ove sia possibile – non solo possedere gli
oggetti, – ma anche *lì* ritrovarvisi. E' in questo riconoscimento
invece che l'oggetto può acquisire il suo completo valore di conoscenza, perché qui esso può divenire il luogo del riscontro, più
che della verifica, ove avvenga l'incontrare, più che il vedere, ma
anche dove la comprensione possa essere non solo acquisizione,
ma piuttosto *realizzazione*.

E' nella dicotomia tra soggetto oggetto, – non nella sua fusione,
– che è possibile uno scambio, quindi un'azione, e perciò un
tempo.

L'oggetto che si differenzia dal soggetto non è un semplice riflesso esteriore, un *mio* da intendere solo come riflesso dell'*io*,
ma un elemento autonomo, e quindi relazionale. Ed è solo nella
sua diversificazione che esso può divenire un elemento comunicativo: passivo d'impressione e attivo d'espressione; imprimibile
(perché di materia autonoma), da un'azione, ma anche espressione dell'azione che ha ricevuto. L'oggetto in questo modo può
essere, perché tale, ricettacolo ed emissario dell'azione. Il soggetto, che ha compiuto l'azione, potrà perciò ritrovare solo

nell'oggetto, la sua anima; quella che ha appunto animato la sua azione rivolta a quello.

In questa concezione dialettica, si può evidenziare quindi, che l'io non può mai essere una condizione realizzabile esclusivamente nella sola assolutizzazione. Questa è solo la premessa, ossia ciò che permette il distinto, ma non ciò che attua il rapporto relazionale, quindi l'esperienza comunicativa, dato che la conoscenza delle cose, che non può essere diretta, deve per forza passare attraverso ciò che è *diverso*, ma non per rimanervi, bensì per tornare arricchita di apprendimento.

Quindi, come la conoscenza dell'oggetto non può che passare attraverso una relazione, ossia il valore che gli accredita il soggetto, anche la conoscenza del soggetto non può che passare attraverso ciò che l'oggetto detiene di quello, attraverso appunto il suo rapportarsi con l'oggetto. Del resto anche le tecniche introspettive non possono fare a meno di un linguaggio, di oggetti espressivi, per creare consapevolezze.

L'oggetto dialettico è perciò la possibilità della realizzazione di un prodotto, di un pro-animato, dell'anima. L'oggetto è in questo modo ricettacolo delle pulsioni, sensazioni, paure, ansie e fantasie soggettive, e non un semplice ricettacolo della propria idea di io, che lo fa essere solo mio, assimilandolo e sottraendolo dalla propria singolare posizione.

Attraverso l'animazione l'oggetto assume il valore di specchio dell'anima, si istoria di vita, si intenziona d'autenticità, acquisisce la dimensione di comunicabilità propria di un qualsiasi linguaggio, in modo che si possa comprendere il vero. Esso è portatore di verità, in quanto ad esso non si può mentire. Può certamente essere portatore di menzogne, ma l'oggetto non può essere illuso. La sua oggettività non lo permette. S'illudono le persone, i soggetti, magari attraverso oggetti, parole portatrici d'illusione, ma l'oggetto rimarrà la prova di quella illusione, ciò che potrà farla riconoscere. Per questo esso è integralmente vero.

L'oggetto che rientra in un rapporto dialettico, è l'effettiva 'merce' del senso, su cui si può realizzare un'economia dell'anima: lo scambio atto alla comprensione di ciò che si è, più che di quello che si vale.

Un oggetto, questo di cui si parla, certamente trasfigurato, ma sempre fondato nella sua materialità, e mai sostanzialmente indifferenziato. Sempre radicato nella sua dignità d'essere, *diverso* – e non solo differente – dal suo non essere, dal suo soggetto; il quale è però anche sempre ciò che gli permette di possedere un significato. Prima che un soggetto parli ad un altro soggetto, sia anche sé medesimo, deve imparare a parlare alle parole, agli oggetti. Solo quando questi gli avranno risposto, allora sarà anche in grado di parlare, di parlarsi.

I.15. I segni comunicanti

Lo specifico del linguaggio perciò, come possibilità di comunicazione, si genera attraverso la natura isolativa dell'essere; questa possibilità assolutizzante è, come si è visto, ciò che permette la parzialità del carattere simbolico. Il linguaggio, osservato quindi nei suoi elementi costitutivi, è indistinguibile dalle peculiarità di essere il mezzo, e non il fine, della comunicazione. Esso è lo strumento per eccellenza deputato alla comunicazione, non comunque l'unica forma di comunicazione, dato che ogni singola produzione è un fatto che si colloca nella cultura, ed esprime perciò un'intenzionalità più o meno individuabile. Il linguaggio può mantenersi in una dimensione d'universalità e singolarità grazie alla sua costituzione basata sull'assoluto, il quale lo rende universalmente discreto e nel medesimo tempo parziale. Attraverso questa parzialità assunta nel simbolico si può garantire al linguaggio la possibilità di un senso, in quanto esso può lasciare uno spazio vuoto: quello che permette l'intromissione del parlante, la possibilità che il linguaggio *esprima*.

Perciò, mentre da un punto di vista strumentale il linguaggio appare come una struttura affinata sulla base della similitudine tra le cose (che è quanto s'individua nell'evidenza del rapporto iconico tra discorso e configurazione percettiva), attraverso il suo impiego esso attua la modalità differenziale, ossia diviene mezzo per mostrare la differenza percettiva di chi lo impiega, quando appunto questi vuol comunicare qualcosa di specifico.

Ma per far ciò, per comunicare queste differenze, esso deve fondarsi su una corrispondenza percettivo-ontologica universale, la quale faccia in modo che quanto appaia ad esempio come A, sia ritenuto A, ossia si radichi in un criterio di riconoscibilità universale, che funga da riferimento complessivo, offrendo la possibilità al linguaggio della comunicazione.

Questa universalità del linguaggio non è però ritrovabile solo nella differenziazione tra significato e significante, dato che in ciò è escluso il datore di intenzione, colui che indirizza attraverso l'uso di un determinato significante il senso di un significato. Perciò, mentre nella distinzione tra significante e significato siamo fermi ad un'analisi strutturale, attraverso l'ingresso del senso ci poniamo in un divenire comunicanti; ci poniamo nella condizione in cui il soggetto possa partecipare alla comunicazione – dato che è colui che "lascia segni", – ed è perciò rintracciabile nelle sue operazioni meta-foriche, realizzate appunto attraverso gli oggetti concreti del linguaggio: parole, forme, colori, note... La comunicazione avviene però a condizione che si operi con un simbolico riconosciuto, altrimenti le modifiche del materiale simbolico non possono essere comprese come differenze e perciò capite. A sua volta le modifiche potranno divenire simbolico riconosciuto, e perciò entrare nel processo storico del linguaggio nella sua evoluzione letteraria o artistica.

Prendendo in considerazione le pratiche comunicative, appare evidente che il linguaggio, o più propriamente i linguaggi, sono elementi multipli ove convergono più fattori. Nel linguaggio converge la sostanzialità materica: voce, segno, colore... ma anche la modalità compositiva di questa, che è ciò che è permesso appunto dal pensiero assolutizzante, ovvero quanto fonda la strumentalità.

Ma tutto ciò non è ancora sufficiente a definire compiutamente il linguaggio, in quanto, se ci si limita a quanto detto, noi abbiamo solamente degli elementi definiti ed abilitati a svolgere delle funzioni, ma ancora nessun tipo di azione comunicativa. Questa viene invece praticata dall'*intenzionalità*, ossia ciò che non appartiene, ma che esiste, in un qualsiasi 'prodotto' che abbia facoltà comunicazionali.

Se noi per esempio dovessimo rispondere alla domanda "perché esiste l'universo?" dovremmo rintracciare, per cercare di rispondere, una possibile intenzione *posta al di fuori* dell'universo stesso: un Dio creatore, ma anche una legge scientifica con funzioni governative, o anche un principio filosofico...

Mentre altresì, per quesiti più particolari, l'intenzione s'individuerebbe nel voler esprimere invece uno stato d'animo, un sentimento, oppure un'esperienza, una memoria ecc. L'intenzione è perciò, in tutti questi casi, sempre l'elemento che, seppur posto strutturalmente *fuori* dal significato, compie l'atto effettivo della *significazione*.

Qualsiasi entità che voglia essere assunta come oggetto comunicazionale, deve assumere, per diventare tale, ciò che in essa non è rintracciabile, e che è appunto la messa in atto della significazione. Ma questa realtà del linguaggio non deve portare alla semplice considerazione di un linguaggio come assenza di oggetto, di un luogo del contrassegno. La parola *casa,* ad esempio, che indica l'oggetto casa, non ci dice nulla di quale casa si voglia parlare. In sostanza non ci dice nulla. Sia la parola che l'oggetto sono solamente la possibilità strumentale del linguaggio, non la sua attuazione significativa. E' solo quando ci viene indicata una casa specifica, in un determinato luogo, che possiamo, attraverso una singolare intenzionalità comunicazionale, essere in grado di cogliere il significato della parola medesima, ossia quando si produce la tensione della parola, ed essa 'viene fuori'.

L'intenzione è perciò un fattore determinante nella comunicazione; è ciò che, tramite gli elementi linguistici, genera significato, e quindi dà senso alle parole medesime.

Pertanto, ogni qual volta si intenda rintracciare un significato nelle cose, è indispensabile individuare l'indirizzo intenzionale, il segno lasciato nella materia linguistica. Per far ciò bisogna prima scindere e poi raggruppare gli elementi di una qualsiasi condizione o esperienza, ponendoli nella stabilità dell'essere, ovvero sottraendoli al succedersi inarrestabile del loro divenire.

Isolare gli elementi che costituiscono il tempo, non significa però isolare ore e minuti. Se ad esempio la mia vista mi offre l'immagine di una persona in movimento, io per capire se si avvicina a me, o si allontana da me, dovrò confrontare la sua immagine in tempi diversi. Le immagini, o generalmente gli elementi di una situazione, solo nella loro insolazione permettono di constatare le diversità, e quindi la possibilità di riscontrare l'aumento o meno di un determinato fenomeno. Solo in questo modo risulta possibile constatare il senso di una determinata condizione.

In pratica però il suo significato non sarebbe ancora esplicito, perché è anche solo nel suo effetto che appaiono gli elementi per rintracciarlo, quindi, sempre anche qui, la possibilità o meno di poter intraprendere un orientamento interpretativo. Se, tornando al nostro esempio, ravvisassi che la persona stesse avvicinandosi a me, sarebbe probabile che la sua intenzione possa essere la ricerca di un contatto con me, e non viceversa.

Essendo l'intenzionalità sempre e in sostanza una condizione del significato, questa non può fare a meno del movimento. D'altra parte anche la struttura discreta del linguaggio è funzionale all'identificazione delle differenze, i numeri ne sono la massima espressione, proprio perché anche un periodo sintattico senza il 'movimento' del verbo, esplicito o implicito che sia, non può che essere senza senso.

Il linguaggio è in fondo l'antipode del caotico indifferenziato, dato che esso è sostanzialmente l'assolutizzazione dell'indefinito resosi oggetto: parola. Le sue differenze sono la sua misura; ciò che permette la constatazione dell'indirizzo di un moto, ovvero la sua evidenza intenzionale.

Certamente con ciò non si risponde al perché di quel moto, non s'individua quale sia il motivo per cui la persona dell'esempio "vuole avvicinarsi a me", ma comunque la comunicazione è avvenuta: quella persona si vuole avvicinare a me! e ciò, per quanto riguarda la significazione, è la condizione indispensabile.

L'importanza dell'intenzionalità non è però dovuta solo al suo corrispondere o meno a dei criteri di determinazione, ma dal fatto che la sua assenza rende *inidentificabile* il significato di qualsiasi materia. L'intenzionalità potrà perciò avere diverse forme, a seconda della materia implicata. Potrà essere tendenza, volontà, norma, pazzia... In ogni caso, comunque, essa non avrà acquisito una giustificazione affinché non avrà risposto al suo perché, ossia non avrà ricevuto una formulazione teorica.

Perché i metalli surriscaldati tendono a dilatarsi?

Perché la vita non può smettere di volersi?

Perché il non rubare come norma giuridica è indispensabile ad una convivenza pacifica?

Perché la pazzia è il male minore nei confronti delle coercizioni?

Dare risposte è in ogni caso il tentativo di ogni teoria, è su questa propensione umana che si instaura la possibilità del vero, la quale, appare come il riconoscimento consensuale che una determinata risposta è in grado di assumere. Il valore di ogni teoria sta nel suo grado di verità, grado che del resto coincide con la consapevolezza che quella è riuscita a generare.

Comunicare necessita sempre di un'assenza, ovvero è una costituzione ove i suoi termini ultimi sono anche termini di verità, quelli appunto ove l'intenzione viene a misurarsi con ciò che non gli appartiene, ossia il senso di realtà.

Alcune considerazioni andrebbero qui proposte anche nei confronti del processo di significazione che riguardano i fenomeni fisici. A questo proposito è la *causazione* il principale criterio sintattico che gli dà voce. Essa, acquisita alla stregua dell'intenzionalità, può generare effetti comunicativi, dato che è principalmente attraverso essa che comprendiamo il senso dei movimenti.

Perché piove, ad esempio, noi lo comprendiamo attraverso il ciclo delle trasformazioni delle molecole dell'acqua, attraverso un loro divenire come stato precedente diverso da quello posteriore. La causazione, attraverso la scansione cronologica dei fatti, ci permette una sintassi significativa, essa è un metodo in cui l'intenzionalità ha soppiantato il mito, ossia ha soppiantato l'interesse verso il *chi* o *che cosa* pone in atto un determinato fenomeno, per rivolgersi principalmente verso ciò che muove la determinazione tra un *prima* e un *poi*.

In questo modo l'effetto comunicativo si compie comunque, anche se di fatto il carattere dei significati rimane sempre nelle possibilità di una variazione, in quanto se la pioggia è voluta dagli Dei o dai cambiamenti di temperatura, modifica le ragioni stesse della pioggia. E' perciò nella caratterizzazione dei significati, e quindi dei generi intenzionali, che viene a costituirsi la possibilità di stabilire la comprensione dell'esistente.

Attraverso il metodo causativo è quindi possibile raggiungere dei significati all'interno di determinati fenomeni, anche se il significato rimane comunque relegato al fenomeno stesso. Il mito, invece, nella sua generalità, non spiega i singoli fenomeni, ma le condizioni metafisiche che determinano il realizzarsi dell'esistente. Sia la causazione che il mito sviluppano perciò due tendenze significative, anche se parziali.

Importante è però considerarle entrambe, in modo da poter approfondire i diversi contesti significativi dell'esistente, senza che l'uno debba perciò forzatamente sconfermare l'altro; ricercando, non tanto la significazione più opportuna, ma quella più integrata, o comunque più partecipe all'effettiva complessità delle cose.

I.16. Azione e percezione

Il movimento invece è anche il prerequisito indispensabile per ogni azione, la quale, pur essendo sempre attuata da un'intenzione, trae i propri presupposti dalla percezione stessa. Difatti non essendo in grado di percepire ciò che si definisce come il *vuoto*, come si potrebbe ad esempio passare da una comunissima porta?

La nostra percezione e quindi anche le nostre facoltà cognitive si regolano sulla conoscenza delle cose, non tanto per rilevarne semplicemente l'esistenza, ma perché questa esistenza ci interessa, perché con questa esistenza, per poter sussistere, dobbiamo relazionarci. Sta di fatto che la nostra percezione appare generalmente piuttosto interessata all'azione, così del resto l'azione non può avvenire senza una qualsiasi consapevolezza di come è possibile praticare un movimento. Pertanto il nostro conoscere, che al fisico appare sempre ricondursi, si relaziona con estrema attinenza al nostro singolare modo d'esistere.

Conoscere non comporta avere conoscenza di una cosa per come essa è per se stessa, cosa che del resto possiamo solo immaginarci, ma comprendere quanto essa ci assomigli, quanto possiamo identificarla con noi stessi.

Sfogliando per esempio un libro scientifico sugli animali, con molta probabilità potremmo trovare specificati la loro altezza, il loro peso corporeo, la loro velocità e capacità combattiva, il loro ingegno nel costruirsi i ripari, insomma, tutto ciò che noi possiamo benissimo ricondurre a noi stessi, permettendoci di delineare una similitudine o meno, ovvero quale tipo di relazione con essi potremmo o meno instaurare, in modo che, trovandoci ipoteticamente in una savana, saremo in grado di riconoscere quegli animali che devono impensierirci, come quelli che non lo devono.

Tutti i gradi di conoscenza non sono mai immuni dalla finalità, e perciò sono sempre indirizzati ad una possibile azione, un comportamento, anche se questo non deve conseguire per forza.

E' importante evidenziare che la conoscenza è sempre attinente alle nostre caratteristiche di esseri viventi.

Tutte le nostre conoscenze non sono altro che *nostre*!

Se noi fossimo ipoteticamente dei sassi o della polvere, come pare debba anche un giorno capitarci, non potremmo in nessun caso essere né sassi né polvere, come noi li possiamo intendere, in quanto il valore che da esseri viventi attribuiamo a questi elementi, è una nostra esclusiva concezione.

Perciò dire che la vita dei sassi o della polvere è cosa assai infima nei confronti del nostro stato attuale d'esistenza, non è altro che un pregiudizio motivato dal nostro stato esistenziale, favorito dal fatto che abbiamo assunto la nostra percezione come misura assoluta ed esclusiva di tutto l'esistente.

La nostra percezione, come si è visto, è invece tale solo per garantirci una sussistenza nello stato vitale in cui siamo; mentre non ha nessuna validità per quanto concerne un giudizio complessivo sull'esistente.

Effettivamente siamo come vittime di noi stessi, in quanto, il nostro modo di conoscere, non ci può che mettere nella condizione di valutare ciò che ci appare solo ed esclusivamente per quanto riguarda il nostro attuale stato d'esistenza.

L'essere, essendo un elemento fondato sull'assolutizzazione, è il riferimento essenziale ed ultimativo di tutto il nostro conoscere, esso è ciò che permette l'azione. Senza la latenza di una nostra possibile azione, la percezione non potrebbe sussistere come noi la conosciamo. Attraverso l'essere noi possiamo distinguere, categorizzare, valutare, pensare ordinatamente, parlare, scrivere... Senza l'essere non potremmo nemmeno immaginarci la nostra vita. Con molta probabilità non riusciremmo neppure a praticarla, in quanto è tramite esso che noi possiamo attuare anche la più banale delle azioni. A questo essere noi siamo legati in modo indissolubile. Attraverso l'essere noi siamo in grado d'indirizzare la nostra vita. L'essere ci permette un'articolazione temporale e storica, come anche di poter vivere in questa storia, ovvero di compierla, offrendo alla nostra esistenza la possibilità di entrare nel senso.

Ma quando la riflessione vuole oltrepassare la vita vissuta, allora l'essere diviene un intralcio, in quanto continua a mostrarci ciò che è diverso dalla nostra vita come quello che invece alla vita interessatamente assomiglia. In questo modo la riflessione attraverso l'essere continuerà a produrre delle entità, delle differenze, delle proprietà, o anche principi o fini, ossia una metafisica dominata dal pregiudizio del nostro stato fisico.

Per questo un pensiero che vuole sottrarsi dalle peculiarità, deve sottrarsi anche dalle costrizioni dell'essere.

I.17. Caoticità del Tutto

Con tutto solitamente designiamo l'insieme di qualunque cosa che esiste. Il tutto, in genere, ha come sottinteso l'essere, perché è la complessità delle parti, ma anche perché è esso stesso una diversità, ossia qualche cosa che s'identifica come insieme finito, e che proprio anche in forza di ciò non può sottrarsi dall'avere un proprio opposto.

Questo è il limite che ogni parola possiede! Collocandosi nella possibilità d'espressione essa non può che essere *suddita* dell'essere.

D'altra parte però la parola "tutto" non conclude la sua semantica nelle possibilità della logica, in quanto proprio come tutte le parole essa può rimandare a qualche cosa che non le appartiene, ad un significato che la trascenda.

Questo, come si è visto, viene praticato da chi parla.

La vita, e in genere tutto quanto ad essa attribuiamo, trova sempre la sua comprensione attraverso l'essere: *essere* vivi o *essere* morti?

Anche la concezione stessa che abbiamo di morte non può quindi mai sfuggire dall'essere. Essa, la morte, rimane sempre assunta nel dominio delle nostre facoltà percettive, seppur noi non sappiamo percepirla. Per questi motivi, per potercela rappresentare, non possiamo fare a meno d'identificarla in un luogo e in un tempo: la vita eterna, la vita oltre la vita, il paradiso o l'inferno, e via via per quant'altro possa richiamare la vita vissuta, o comunque, ciò di cui abbiamo esperienza.

Le immagini che dobbiamo usare per crearci un'idea di morte, trovano sempre nella vita vissuta i mattoni per la loro edificazione. Sta di fatto che una nostra rappresentazione della morte non può sottrarsi dalla nostra esistenza da vivi.

Altresì, se si vuole considerare vita e morte al di fuori del giogo dell'*essere*, e arrischiarci nella caoticità del Tutto, la possibilità di rintracciare sia la vita che la morte viene meno. In questo stato l'essere è scomparso, dell'*io* o del *tu* non v'è più traccia, lo spazio e il tempo sono divenuti concetti che non ci ricordano più nulla.

Nella caoticità del Tutto, *non si può più dire nulla*, in quanto Esso, districandosi dall'essere, non può più apparirci solo come l'insieme delle parti.

In questo stato la conoscenza ha perso gli strumenti analitici per essere tale, ha perso il suo punto fermo di osservazione sulla realtà. Nella caoticità del Tutto, vita e morte non esistono come realtà distinte, come opposti, come realtà stesse. Il caotico le comprende, senza mostrarle. Nel caotico, vita e morte sono la medesima cosa: coincidono, come del resto coincidono con Tutto. Nella caoticità del Tutto non si può più affermare nulla.

I.18. Lo stato del tempo

Ma quando si ricerca il perché della vita nella vita vissuta, allora il caotico non ha nessun senso, in quanto è esso stesso il non senso per eccellenza, proprio perché è la vita stessa che vuol sfuggire all'informe, al disordine, all'anarchia; cose che accetta solo quando essa voglia invece muovere verso un nuovo ordine, verso una trasformazione.

Non si può perciò sfuggire all'essere. Questi è costituzionale di un senso per la vita, anche se è però solo in essa che ha la sua motivazione, e non oltre questa!

Passato presente futuro sono quindi i 'luoghi' per eccellenza, ove l'esistenza trova il senso del suo esserci. Essi, come definizioni dell'essere, c'ingiungono la possibilità di un percorso.

Il tempo del resto non è altro che una forma organizzativa del pensiero, perché in effetti noi abbiamo solo esperienze di movimenti, di trasformazioni.

Il tempo non è quindi né solo universale, come né solo relativo: ma entrambi; in quanto concettualmente ogni universale è tale in quanto può porsi in relazione ad ogni situazione.

Ma mentre il presente è dimostrabile, esso non ha però nessun senso: è un semplice punto dove ritrovarsi, e non dice nulla sul *dove* andare. Di converso passato e futuro non possono essere indicati, ma solo in essi ci si colloca in un processo. E' attraverso la padronanza del *prima* che è rintracciabile una differenza con l'ora, e quindi un indirizzo per il *poi*.

Determinismo e libertà hanno in questa dinamica la loro consistenza, come anche la loro medesima e ambigua capacità di caratterizzare reciprocamente ciò che è reale. Tutto è determinato da un prima, e proprio per ciò tutto farebbe anche presupporre che pure il dopo, lo sia. Ma tra le due entità c'è una sostanziale differenza, in quanto se la linea immaginaria che unisce passato e presente s'individua generalmente nella 'stabilità' della storia (solo i limiti della memoria – di qualsiasi tipo essa sia – possono essere considerati come condizioni pregiudizievoli alla definizione del tipo di storia che si è avuta), la relazione tra presente e futuro può invece essere solo ipotizzabile, ovvero mai completamente compresa.

E' in questa frattura che sussiste la libertà; è in questa ignoranza, o incertezza. E' anche qui, a contatto con l'infinito, perché infinite sono le possibilità del futuro, che il caotico ritorna nell'essere per garantirne l'indeterminazione. In questo stato il futuro può quindi generarsi come fonte di ogni libertà; libertà che non può che contagiare anche passato e presente, dato che è solo assieme ad essi che si forma *il tempo*.

E' nella libertà, del resto, che possiamo concepire ciò che ci permette di non sopperire a tutte le *non conoscenze* dell'esistente. La garanzia di novità del futuro fonda l'unicità del presente, unicità che non avviene però di per se stessa, ma che va affermata nella necessità imprescindibile di un impegno effettivo.

Ciò non può essere assorbito all'interno di nessuna credenza che abbia nel *poi* l'appannaggio di un "disegno" già dato. Quando ciò avviene la vita s'aliena dalle mani del singolo senso per quello dell'insieme, ove questo, che non è più solo considerabile come l'insieme degli individui, detta le sue leggi di conservazione e sviluppo, svilendo così quello che invece è la ricchezza delle singole possibilità.

Il centro della consapevolezza è qui però già posto in un organismo che non ha più il carattere di essere semplicemente il "nostro". Un organismo che pone nel passato, ossia in ciò che non può in nessun caso essere modificato, la legittimità della propria azione determinante.

I.19. Libertà di creare

Nelle dinamiche del pensiero pertanto, il presente, come realtà di ciò che è ora, s'individua come il luogo ove passato e futuro possano attuarsi. Qui il passato non è mai passato, proprio come il futuro, il quale non è mai ciò che giunge dopo. Queste due dimensioni temporali trovano la loro ragion d'essere in due precisi momenti: quello della partenza e quello dell'arrivo, quelli propri di una qualsiasi azione che abbia un'individualità, abbia uno sviluppo e si possa porre in una determinazione orientata. Passato e futuro sono, in questo caso, determinazioni del presente, del suo senso.

Del resto non esiste un passato se non nell'attività del ricordare, questa non avviene mai nel passato, come neppure l'attività dell'ipotizzare, nel futuro. Quando il futuro avverrà, sarà già presente. La dimensione creativa ha la sua possibilità d'essere, proprio in quella del pensiero temporale, ovvero quella che in questo caso va tradotta come la dinamica di causa-effetto.

Gli elementi che prendono nome nei diversi tempi, sono il fondamento concettuale della possibilità dinamica dello sviluppo.

La creatività, come tutto il pensiero concettuale, ha il suo principio nell'assoluto e nell'essere. Da ciò derivano anche passato, presente e futuro, che sono gli elementi strutturali atti a permettere la scissione analitica di quel caotico che altresì sarebbe indivisibile, e che potremmo anche nominare come l'insieme immediato della vita vissuta.

Passato e futuro determinano attraverso il loro attuarsi nel presente il senso del presente. Quest'ultimo appare invece come luogo stabile ove può instaurarsi l'instabilità di ogni dinamica. Questa è appunto il divenire tra entità concettualmente opposte. Ma se il senso trova nei suoi elementi strutturali il mezzo per costituire i presupposti dinamici, la realizzazione creativa è tutt'altra cosa, proprio perché ciò che può avere uno sviluppo di tal genere non può essere frutto solo di una determinazione causale, ma bensì anche di una libertà effettuale.

Con ciò va anche sottolineato che la mancanza di coincidenza tra una determinata causa e il suo effetto, che è ciò che ne permette del resto un'identificazione come diversi, ha già in sé nella sua struttura l'indeterminatezza. Per cui non è ad esempio detto che ad una causa debba per forza conseguire un solo effetto, come neanche che l'effetto si realizzi; proprio perché può anche rimanere latente.

E' questa *non* coincidenza che induce nel nostro pensiero il senso d'indeterminazione.

Si noti che la costituzione della condizione analitica del pensiero, è già nella sua struttura *possibilità di libertà*. Il dubbio, che in una qualunque analisi insorge (proprio perché l'essere non è una cosa), è il testimone più attendibile del fatto che l'indeterminazione è una proprietà del pensiero; difatti essa è evidente soprattutto nell'attuazione dello scindere. La conoscenza stessa, dal momento che insorge, fa perdere le catene della coincidenza caotica. Effettivamente è solo attraverso la libertà che un senso diviene attuabile.

Il fare s'impone quindi come attuazione di questo senso. La creatività insorge solo quando gli elementi che costituiranno la creazione sono talmente differenziati che la loro originaria unione è a questo punto talmente dimenticata – astratta, – da potersi casualmente congiungere in ciò che nessun pensiero preesistente avrebbe potuto esprimere, come già causato, come già legato, già esistente.

Dovrebbe far riflettere il fatto che diverse invenzioni umane abbiano avuto alla loro origine fatti e avvenimenti definibili come casuali!

In genere si pensa alla creatività come ad un atto misterioso, recondito, forse collegato al divino, sicuramente alla psiche. Non si vuol qui negare la complessità del problema, ma solo evitarne i debordamenti.

E' indubbio che l'intenzione soggettiva giochi nella creatività un ruolo fondamentale, ma che tipo d'intenzione, di pensiero, è quello che anima un'intenzione creativa?

Tagliare, capovolgere, sradicare, se necessario rompere, non sono atti estranei alla creatività, ma probabilmente presupposti, se non già atti creativi completi. Ciò che ne determina di questi la completezza è però il loro legame con la causa, o con il passato, nella loro disposizione, nel loro effetto sul futuro. Obliando queste connessioni nulla potrebbe essere definito né come nuovo né come ricongiungibile ad uno scopo.

Gli elementi della creazione sono elementi che esistono, che perciò esistevano, che svolgevano già una propria funzione originaria. Gli elementi hanno sempre all'interno di un pensiero temporale una storia, non sono mai nuovi. Solo il tipo di unione caratterizzerà la novità. Non essendo mai nuovi gli elementi della creazione portano con sé un passato che li fa riconoscere e allo stesso tempo rilevare in un'unione nuova, o nuova luce.

L'avvento della differenza è in sostanza la possibilità della creazione. L'essere che stacca i suoi 'pezzi' dal caotico ci fornisce la visione, il conoscimento (perché non solo ri-conosciuto) del nuovo.

Solo attraverso il medesimo essere, attraverso la sua stabilità e possibilità di offrirsi come paragone, si può manipolare la realtà in un divenire conoscibile, che a questo punto non parrebbe essere altro che la possibilità di distinguere le identità attraverso il loro riconoscerle, o disconoscerle.

Sono questi i punti saldi che in definitiva ci permettono di pensare il movimento, pensarlo attraverso i passaggi che avvengono dai suoi luoghi: *da* x *a* y.

Del resto non è possibile rimanere fermi. Il movimento è una condizione essenziale dell'esistenza di qualsiasi cosa.

Il tempo, inteso come movimento relativo a cui tutti i movimenti possono relativizzarsi, ne è la chiara dimostrazione. Tutto ciò che si definisce in uno spazio è anche soggetto ad un determinato tempo, quest'ultimo è il movimento principe su cui si confrontano le differenze degli altri tempi o movimenti. E' proprio per questo che ogni atto che accade non può che essere simile e mai uguale ai precedenti, così come avviene per tutti i movimenti tra di loro. Ogni esistente posto, è tale solo nel movimento. Questi a sua volta è forzatamente messo dinnanzi ad un continuo succedersi che gl'impone, per districarsi dalla coincidenza, un'identità. L'essere *se stesso* di qualcosa è ciò che rende possibile il senso di un movimento nei suoi gradi di novità.

I.20. Bene e bello

L'esistente percepito, attraverso il pensiero, viene quindi da quest'ultimo codificato attraverso uno spettro di variazioni che ha il suo fondamento nella sensibilità. A sua volta il sentimento che scaturisce in noi sulla base di ciò che percepiamo, è uno spettro analogo, avente però un altro tipo di gradazioni. Queste si articolano in forma di sentimenti, che variano dal piacere al dispiacere, dalla soddisfazione all'insoddisfazione, variano tra ciò che generalmente recepiamo e nominiamo come bene e male.

La possibilità, attraverso l'assolutizzazione dell'essere, di produrre una gradazione spettrale atta a fornirci una forma di misurazione dei sensi, ha il suo corrispondente emozionale in ciò che si potrebbe anche nominare come la misura del *valore*. Questo legame esistente tra valore e percezione costituisce una concezione importante, in quanto pone le questioni morali ed estetiche in un rapporto – non d'isolamento – ma d'interdipendenza. Il valore assume qui, dipendendo dalla percezione, la sua forma concreta. Di converso ciò che viene percepito non può sottrarsi al concetto, così come neppure alla considerazione di valore che il pensiero inserisce in ogni atto della percezione.

Il rapporto tra bello e bene si radica nelle conseguenze della percezione, le quali non possono che suscitare dei sentimenti. Sentire il bene o il male è in un certo senso la conseguenza di percepire il bello o il brutto. Perciò tutto quanto caratterizza il grado di questa relazione, ha origini nel concetto che realizza la percezione, il quale non modifica né la sensibilità delle cose, né la loro idea, ma bensì, tramite il bello sentito o il bene considerato, il modo in cui le partecipiamo, ossia la loro partecipazione all'idea, il loro esito finale in quella.

Del resto non è un fatto a sé constatare come si possano avere atteggiamenti diversi nei confronti dei medesimi oggetti. Un libro può ad esempio essere considerato sia come strumento culturale che come un insieme di fogli che creano uno spessore, o comunque anche in altri modi, ma sempre conformi all'idea che si ha di quello. Ciò non pregiudica né l'identità del libro, di essere tale, né la sua possibilità di essere considerato come un valore. Ciò che cambia è la finalità a cui verrà sottoposto. Chi considera quello uno strumento culturale, lo leggerà, chi invece lo considera semplicemente una quantità di fogli che creano uno spessore, probabilmente lo impiegherà in altri modi che non siano comunque quelli di leggerlo. Perciò nonostante l'oggetto abbia subito esiti opposti, entrambi non si sottrarranno dall'essere all'interno di una scala di valori, quella che attribuirà psicologicamente anche al nostro oggetto maggior o minor bellezza.

Bello è quindi ciò che è riconducibile ad un'idea di bene e viceversa; non è automatico comunque che ciò avvenga. Quando la bellezza e il bene vivono esclusivamente senza mantenersi in rapporto, abbiamo l'affermazione di estetiche dedite a scopi che trascendono il sentire. Ciò può anche essere causa di distorsioni, così avviene quando si relega il valore esclusivamente alla cosa di per sé, prescindendo dai fini cui questa è rivolta.

Credo sia importante ricomporre le spaccature che sono venute a crearsi tramite una concezione eccessivamente analitica della condizione umana. Per questo è necessario condurci alla comprensione dello spessore morale del bello, e al fascino estetico del bene.

Quando si vuol tentare una codificazione del bello, è poco conveniente esimersi dall'indagare quanto sia debitore al bene: quanto bello quel bene sia. Così d'altra parte conviene anche guardare quanta bellezza ha acquisito un beneficiario, quando si vuol costatare il grado di un bene elargito.

Conviene comunque anche non dimenticare che accingendoci a questi argomenti non è mai possibile parlare di entità assolute, al di fuori del tempo. Ciò che è bene e bello oggi, è improbabile che lo sia anche domani, del resto, il bene e il bello di domani, li posso comprendere solo nella differenza tra il bene e il bello di oggi o di ieri.

La storia in questo caso è essa stessa un valore, in quanto è termine di confronto per la definizione del valore stesso di ciò che rientra nella nostra attualità. Se il bene di oggi è diverso da quello di ieri, non per questo è meno bene: se l'idea di bene non muta, le condizioni in cui ci si accinge al bene però si modificano, anche in funzione dei cambiamenti nei confronti del sentire ciò che è bello.

Il bene generato nella storia esiste perché vi è un bene attuale. Il bello di ieri non è il bello di oggi, anche se il bello di ieri rimane un bello inattuale. Il bello di ieri aiuta a comprendere ciò che è bello oggi, per questo vale più del bello di oggi, anche se il suo valore reale lo procurava ieri. La storia ha sempre il suo valore nel presente, mai nel passato, il valore della storia è sempre attuale, altrimenti sarebbe semplicemente uno stato trascorso.

La storia si dimostra inattuale nei suoi esiti storici, ma attuale attraverso la definizione del valore del presente. Che la storia non possa essere una scienza, è probabile, ogni fatto in fondo rimanendo nel tempo non può che rimanere unico; che non crei valore però, questo non lo credo.

Il valore è sempre qualcosa di prettamente umano, esso realizza la visione del mondo. Ciò che vediamo non può prescindere dal nostro essere interessati a vedere. Il visibile non ha un valore per se stesso. Concetti come l'armonia delle forme, la rilucentezza dei colori, la perfezione, la rispondenza interpretativa, il superamento dei precedenti limiti, non sono altro che il bello che ha trovato consistenza in modi diversi di giungere al bene. Questi modi non ne annullano altri, anche se l'attualizzazione del bello e del bene può andare incontro ad esiti estremi, a rovesciamenti anche radicali nel corso culturale, sia di una collettività, che dei singoli individui.

Queste modificazioni saranno però sempre attinenti alle necessità primarie di conseguire il bene, seppur anche di fronte ad esiti logici opposti, come ad esempio quando vi è la volontà di conservare ostinatamente e il più possibile la propria vita, oppure, al contrario, di voler determinare al più presto la propria morte.

Entrambe queste volontà saranno però sempre (anche se contrarie), alla ricerca del medesimo bene personale, psicologico o mentale che sia.

Osservando perciò l'importanza che la cultura (che qui è da ritenersi come tutto ciò che dispone alla scelta), mantiene nella determinazione del bene e del bello, conviene far attenzione a come giungiamo a compiere le nostre scelte. Se prendiamo come spunto per questo discorso il concetto di perfezione, notiamo che esso è un dogma della nostra attualità. Esso in sostanza appartiene a tutto quanto in genere consideriamo come bello e buono. Ma se per un attimo andiamo a osservare che modello di bene e di bello la perfezione ci offre, troviamo solo una bellezza e una bontà ideali.

Probabilmente bisognerebbe nutrire meno fiducia verso le forme assolute, e più invece verso ciò che è vivo e senziente, passibile quindi anche di difetti ed errori, per avvicinarci ad un bene ed ad un bello più reali.

Di certo credo che per far ciò si dovrebbe guardare alle possibilità di reversibilità del bene e del bello, ponendoci nei confronti dell'imperfezione in modo diverso, non più bandendola considerandola solo come un male, ma anche intendendola il luogo dell'ancora inespresso, della sapienza celata, delle possibilità fecondative.

Del resto la storia ci dice che la bellezza e il bene non possono rimanere tali che nell'atto di una loro continua trasformazione.

Ma ogni passaggio non può prescindere da un "*da*". Così, come si è visto, anche bene e bello non possono prescindere *da* quel bene e *da* quel bello che è stato; proprio perché solo così può avvenire anche il bene e il bello d'oggi.

Pensando all'imperfezione noi non possiamo quindi che misurarci con la perfezione, ma dialogando con essa, e non assumendo quest'ultima come canone assiomatico per la verità di ogni bene e di ogni bello effettivo.

Un conoscere che non vuol essere solo astratto, non può quindi che porsi in promiscuità con il proprio mondo, ovvero, seppur debba collocarsi nella storia di ciò che si è conosciuto, lì non vi rimanga, dato che è solo nell'atto (presente) di ritenere ciò che è bene e bello, che esso può generare uno stato attuale della conoscenza medesima.

I.21. Tensione

Ora, se bene e bello appartengono al loro attuarsi, potrebbe anche essere interessante considerare ciò che sia questo atto, che avviene nella vita, e che pure la caratterizza. Ciò principalmente nella sua essenza di movimento, ossia ciò che di essa ne è anche il fatto più proprio.

Perciò questo muoversi, proprio dell'essere in vita, e che si determina nell'agire, dove muove?

Per vedere quale sia il senso delle azioni umane, si deve cercare di capire ove l'azione tenda; quali sono le sue mete usuali. Trascurando la sfera dei fatti specifici, si può individuare una meta dell'agire che vive compiutamente *oltre* le due consuete concezioni causali dell'azione, quali la volontà e il desiderio, proprio perché le integra reciprocamente, e quindi, proprio per questo motivo è anche qualche cosa d'altro da esse.

Ciò è dovuto al fatto che né la volontà né il desiderio sono per se stessi sufficientemente in grado di rappresentarci compiutamente il significato dell'agire. Questo perché la volontà è solo l'atto positivo di volere qualche cosa, senza distinzione, mentre il desiderio é la parte negativa, la mancanza, è l'essere attratti da ciò che non si possiede, ma che comunque esiste.

Una diversa concezione è invece appunto quella d'intendere l'azione come tensione verso *ciò che non esiste* (in questo caso la volontà è di qualche cosa, seppur inesistente, e non rimane un principio), come anche tensione verso la realizzazione di *ciò che non è ancora presente* (pure qui il desiderio è superato, perché non è rimasto appunto desiderio di qualche cosa che già esiste).

L'uomo, 'teso' verso ciò che non esiste, non – beninteso – *ciò che non ha*, si proietta nella dimensione di ciò che è prossimo, verso il luogo del non ancora dato, infinito, del possibile: fonte d'infinite possibilità. E' un uomo che tende anche a realizzare nel miglior modo ciò che produce, comunica, pensa; ha un sentimento piacevole, perché improntato a realizzare qualche cosa che solo a lui compete. Quindi si approssima a rimanere nell'essere uomo, nella pienezza di essere uomo, e non vuol essere esclusivamente incentrato sul proprio io, o su un improbabile ed astratto autosuperamento. Il suo superamento sta tutt'al più nell'autoconsapevolezza che gli deriva dall'oltrepassare la condizione d'essere relegato solo all'individualità.

Del resto tentare di produrre un miglioramento in noi per accrescere solo il nostro orgoglio, non mi pare un motivo sufficientemente valido a comprendere perché l'essere umano possieda la tensione verso l'inesistente, verso creazioni e miglioramenti sempre nuovi in tutti i campi.

Con ciò non voglio dire che tutto quanto l'uomo fa sia moralmente corretto, questo è un argomento estraneo alle questioni che qui vengono trattate, ma dire appunto che l'intenzione di un'azione é generalmente sempre rivolta ad un ipotetico meglio, anche quando, paradossalmente, questa appaia distruttiva o autodistruttiva.

Chi vuol riflettere su ciò che caratterizza il senso dell'uomo, come anche dell'esistente, non può sottrarsi dalla constatazione che ciò che si muove, muove sempre verso un vuoto.

Per esempio la pianta che diffonde i propri semi in aree inesplorate, anche se da millenni in quello stesso luogo sono sorte infinite altre piante ad essa simili, ma mai certamente con la medesima vita. O anche, la nube che solca il cielo alla ricerca di altre nubi per creare assieme una nuvola nuova, o chissà, forse solo una nuova configurazione del cielo. Tutto tende al nuovo, a ciò che non è ancora esistito.

Neppure la produzione in serie più audace, o la clonazione biologica, potrà produrre l'uguaglianza; ciò non solo per motivi tecnici, ma pure logici. Un clone non potrebbe mai vivere la stessa vita del suo modello. L'esclusività dello spazio con la sua imprescindibile differenza tra l'*essere qui*, in nessun caso uguale anche all'*essere lì*, non glielo permetterebbe. Se l'uguaglianza dovesse avvenire, svanirebbe il senso del movimento di quell'essere, il futuro perderebbe la sua libertà, il suo significato esistenziale. La tendenza all'inesistente è una condizione globale che va ad individuarsi nelle possibilità realizzative: ad ognuno la propria *tensione*, anche se la parola rimane sempre medesima per sé, e per tutti.

Per questo motivo se fosse possibile parlare di entità sovrannaturali, queste non potrebbero che partecipare a questa tensione, ovvero essere questa una condizione principale dell'esistente.

La vita non può avere disegni prestabiliti, il suo destino è indefinito. Nessuno sa dove potrà arrivare, saperlo ne ostruirebbe le sue reali possibilità. Con un'immagine si potrebbe anche dire: la vita è un pensiero divino, e Dio non pensa quello che già sa, altrimenti il suo pensare sarebbe anche per se stesso un atto insensato.

I.22. Trasmigrazione dell'anima

L'anima, ossia ciò che anima, trova invece la sua espressione più adeguata nell'animo. Questo caratterizza un individuo nell'evidenza di uno spirito singolare. Lo spirito di una persona è ciò che questa trasmette, precisamente ciò che rimane in noi di quella persona. Lo spirito, in questo caso, è una derivazione, o meglio, un'emanazione dell'animo, ed è tramite lo spirito perciò che una singolare anima trasmigra da un corpo all'altro.

Un'anima non può mai *essere*, non può mai *determinarsi*, in quanto essa è sempre in grado di assumere ed emanare spirito. In questa osmosi l'individuo assume in sé cultura, offrendo di sé cultura. Ciò appare come la trasmigrazione dell'anima, un'anima che è nella sua evidenza un divenire mutevole, un divenire che ha la sua possibilità nella stabilità di ciò che è singolare; questi agisce il momento di originalità, d'elaborazione, di riformulazione... L'anima non può perciò che essere individuale, e non può altresì che trasmigrare in vita, perché lo spirito si trasmette solo tramite l'azione.

Siamo sempre parte di qualche relazione, ogni nostro movimento è sempre anche un atto comunicativo, del resto non siamo in grado di sottrarci al movimento, così come al linguaggio, così come all'emanazione dell'anima tramite lo spirito.

In questo modo l'anima non può far altro che migrare.

L'anima recepisce ed esprime la complessità dei sentimenti, perché è essa stessa recezione ed espressione dell'essere in vita. Conosce le parole degli altri, in quanto le riconosce nel suo sentire.

Ma pur essendo noi, tramite il nostro animo, "veicoli" imprescindibili dello spirito, la scelta rimane comunque una nostra prerogativa; ciò è la possibilità o meno di sviluppare lo spirito nella coerenza del nostro sentire, affinché possa appartenere alla sua origine, e risultare vero. Il motivo della condotta morale è quindi quello di condursi nella verità. Ogni qual volta agiamo in conformità di canoni e criteri che non la rispecchiano, siamo ciechi verso l'anima che ci dà la vita, muti verso lo spirito che la fa trasmigrare, sordi verso il senso essenziale dell'esistere.

I.23. Coincidenza

Assumiamo ora due concetti guida, due condizioni apparentemente antitetiche: vita come movimento, morte come stasi. In entrambi i casi, ovvero reputando sia il movimento che la stasi nelle loro più estreme conseguenze, possiamo giungere ad una definizione di coincidenza: vediamo come.

Se consideriamo il movimento nella dimensione della velocità, questo annulla lo spazio. Ciò è evidente anche tramite l'utilizzo di strumenti d'uso comune, come ad esempio il telefono, il quale, come è risaputo, annulla 'relativamente' la lontananza. Non è un fatto astruso che le concezioni della fisica relativistica abbiano posto in forma assiomatica la velocità della luce come limite massimo alle velocità possibili. Diversamente si sarebbe dovuto affrontare il paradosso del fatto che lo spazio non esista. Ma il medesimo discorso potrebbe essere addotto anche da un altro versante del movimento, questa volta inteso come trasformazione, mutamento.

Prendiamo una goccia d'acqua: questa un giorno può essere parte del mio corpo, un altro giorno vapore di una nuvola, un altro fiume, poi pianta, poi frutto, poi corpo di un uccello... La goccia, in sostanza, unisce, crea coincidenza, o forse è solo il simbolo di ciò che è già unito?

Consideriamo ora la stasi, questa ad una prima definizione si potrebbe anche dire che è assenza di movimento, o anche, assenza di movimento relativo. Questa assenza di movimento è definibile anche come assenza di vitalità, come "una cosa senza vita". Non avendo vita essa non ha quindi, come è risaputo, neppure il bisogno di percepire, quindi neppure del pensiero che alla percezione si accompagna, il quale considera la realtà come insieme di differenze, quelle che appunto permettono il movimento stesso. Pertanto una realtà che non ha necessità di movimento, è *una* realtà, non un molteplice, ossia non un insieme di parti. Nello stato della stasi tutto quindi si staglia in modo indifferenziato, senza prospettive ne punti di vista: tutto rimane semplicemente tale: coincidente.

Va anche detto che constatare la coincidenza non è poi così illogico. Del resto potrebbe apparire, in una visione non troppo scostata da quella in cui l'uomo è misura assoluta di ogni cosa, che gli autentici errori logici siano più i convincimenti pregiudizievoli di un io, o di una individualità, che viene realizzata tramite le delimitazioni categoriche, come ad esempio quella di possedere un corpo, uno dei tanti appartenenti a quella legge categorica che ad ogni uomo, appunto, assegna il *proprio* corpo.

Che il declinare la realtà in entità distinte serva alla vita, è fuori dubbio, ma che i fondamenti del reale siano da considerare solo attraverso quanto è relativo alla sussistenza in vita, questo non mi pare accettabile. Che il movimento muova solo per muoversi e che voglia continuare con accanimento a muoversi solo per continuare a farlo, non ha alcun senso. Non ci si può sottrarre alla significazione, questa è parte della nostra condizione d'*esistenza*. Senza significazione non esisterebbero neppure le condizione per una qualsiasi determinazione, ossia un qualsiasi atto di vita, pertanto non avrebbe neppure nessun senso parlare del suo opposto: l'opposto della vita.

Riconoscere le prerogative della coincidenza di ogni cosa, non vuol quindi dire abdicare al senso specifico, poiché questo rimane la necessità imprescindibile della vita, e quindi anche della sua assenza: niente e nessuno può prescindere da quanto nel mondo si attua o meno. Le nostre autostrade, ad esempio, contengono il concetto di tutte le forme di strada che si sono avute fino ad ora. Le nostre autostrade sono il frutto di una continua trasformazione del sentiero preistorico. Ciò vuol dire che senza quello oggi noi non potremmo avere quel tipo di strade. I geni che ci costituiscono, sono quelli di nostro padre e nostra madre, dei nostri nonni, bisnonni, trisnonni... Noi siamo differenti da loro semplicemente come movimento, come vita, come fatti specifici. I nostri avi sono come le antiche forme di strada riassunte nell'autostrada. Noi non siamo diversi dai nostri avi, e sostanzialmente neppure dai nostri sentieri, dalle nostre autostrade.

I.24. Conseguenze della coincidenza

Pensare la coincidenza è quindi possibile attraverso criteri a-temporali e a-spaziali, ovvero togliendoci da condizioni funzionali. Questo pensare non serve perciò certamente a definire una qualsiasi azione, dato che la coincidenza è il corpo della condizione su cui il fatto si regge; sostanzialmente il suo sostrato metafisico. Se noi dovessimo considerare l'esistenza semplicemente attraverso l'esistente, non saremmo però nemmeno in grado d'immaginare dove essa si stabilisce, il suo modo d'essere effettivo.

Qui non si vuole però ricercare solo una formulazione appagante, ma tentare di nominare, nel modo più sensato possibile, la condizione di saperci esistenti, ossia tentare di aprire al significato il fatto che stiamo accadendo. Una questione di autocoscienza, insomma, dato che questa condizione non può essere compresa solo come l'effetto di una causa. L'esistenza non può essere trattata alla stregua di un fenomeno fisico. Quest'ultimo è un fatto relativo al rimanere in vita, alla sussistenza, all'azione finalizzata; a quell'azione che non possiamo che attuare se vogliamo continuare a vivere.

Noi in genere comprendiamo il fenomeno fisico attraverso categorie d'intervento: quantità, qualità, forza, peso, ecc. Comunque sempre all'interno di una considerazione di valore, che ha in noi gli esclusivi referenti, che a noi si relativizza, e a noi è relativizzata. Comprendere ed agire sui fenomeni è comprendere e agire le possibilità della vita; non è mai comprensione di ciò *su* cui la vita s'istaura e si attua.

A questo livello ciò che serve è invece un pensiero incerto e discutibile, ossia in grado di contagiarsi e rendersi costitutivamente analogo all'inconoscibile. In effetti, non possiamo trattare la conoscenza delle nostre possibilità alla stregua di un oggetto e di come nei suoi confronti semplicemente ci rapportiamo. Come neppure possiamo trattarci, a seconda delle necessità, come puri soggetti o oggetti della conoscenza. Le condizioni dell'esistenza non sono rintracciabili in ciò che è solo il vivere l'esistenza. La vita non è un effetto dell'esistenza, questa non è la causa della vita. L'esistenza ha le sembianze dell'invisibile, perché é sfuggevole alle logiche della vita. La vita non è quindi l'esistenza, perché è solo alla vita che si nasce, mentre nell'esistenza solo ci si trova. Quest'ultima sembrerebbe perciò anteriore alla vita, proprio perché è già lì, ad attenderci, prima della nostra nascita.

Ma proprio anche per questo un quesito s'impone: come è possibile parlare di ciò che si trova al di fuori della vita con un linguaggio che è esso stesso vita e rappresentazione di questa?

Quando noi cerchiamo di produrre immagini di ciò che fuoriesce dalla vita attraverso parole come: sostenere, sfuggevole, invisibile, ecc., non continuiamo a riprodurre il movimento della vita? non continuiamo a rimanere nella sua logica?

Ciò è innegabile!

Le parole perciò devono essere piene d'assenza se vogliono parlare dell'invisibile, devono, attraverso il loro movimento, *iniziarci*, non farci giungere in qualche luogo. Porci sulla via della comprensione non equivale a ridurre la comprensione a un fatto compiuto o compibile. Stare nel processo della comprensione è già un aver raggiunto la meta irraggiungibile. Mentre la vita può iniziare e finire, iniziare in un determinato giorno e concludersi in un altro, l'esistenza è in coincidenza con l'inesistenza, sia perché è pensabile, come anche perché impensabile.

Per poter pensare l'esistenza non è quindi possibile trascurare l'immaginazione, la quale non ha solo il compito, come si potrebbe inferire, di produrre illusioni. Del resto, senza immaginazione, non si avrebbe nemmeno nessuna forma di civiltà umana. Questa non è stata solo un fatto in cui ci siamo imbattuti in modo fortuito, ma bensì un processo principalmente creativo, fondato sull'immaginazione. E' grazie a questa, ad esempio, che si può vedere un sasso – non come tale – ma come un'*immagine*, un essere parte della roccia, e questo possa quindi comporsi assieme ad altri in una "roccia costruita", un muro, una casa...

Qui però, per il nostro discorso, si tratta d'immaginare, non tanto partendo da una realtà concreta, ma da un linguaggio muto, ossia quello che appartiene al nostro sentirci esistenti: da quanto non è detto, né dicibile, proprio perché non è un insieme di parole, come neppure di significati.

La necessità è quindi quella di sviluppare una sensibilità che ci permetta d'individuare i segni di un tracciato percorribile, in modo da poter stabilire, all'interno della nostra esistenza, un senso soddisfacente; proprio perché non rimanga sola un'ombra, come nemmeno una pura realtà. Una sensibilità insolita, che abbia le caratteristiche d'esserci estranea, ma anche nota, in modo da permetterci un distacco, ma solo come viatico, alla possibilità d'essere accolti. Qualcosa che ci aspetti, ma che ci prenda anche con sé, che ci faccia sentire, attraverso questa comprensione, presi, attenti alla nostra essenza.

I.25. Coincidenza degli opposti

Dire che gli opposti coincidono è però un modo di dire piuttosto approssimativo, in quanto sul piano del Tutto non è possibile constatare l'opposizione. Il Tutto è ciò che si offrirebbe ai sensi, se ciò fosse appunto possibile, prima di qualsiasi differenziazione. Le discrepanze iniziano a prodursi, come si è visto, quando noi cominciamo ad averne bisogno, per agire, muoverci, costruire... Perciò mentre il Tutto ci appare come qualche cosa che da noi possa anche prescindere, altresì il senso, la sensibilità, li consideriamo nostre caratteristiche.

Perciò mentre il Tutto può esistere anche senza la nostra partecipazione, gli opposti no! per questo nel Tutto gli opposti sono nulla, essi coincidono in ciò, proprio perché sono annullati dal nostro venir meno.

L'oggetto è frutto d'una relativizzazione, la sua esistenza gli è garantita dal nostro esistere. Esso è tale proprio perché può stare nell'essere, nel *nostro* essere. Al di fuori di ciò perde i propri confini, i propri opposti, e diviene sostanzialmente nulla.

Un nulla non equivale però a niente. Gli opposti coincidendo, sì che si annullano, ma senza che ciò comporti, sul piano dell'esistere, il dissolvimento di quanto essi ontologicamente definiscono come realtà. L'esistente non sopraggiunge quindi dal nulla, dal suo opposto, ma dal proprio *sé*, al di fuori dall'essere, dall'identità, dal medesimo, dal *se stesso*, come anche dall'opposizione. Il preesistente emerge tramite l'essere dal Tutto, per esistere; ma Tutto non è *il* Tutto, come nemmeno *un* Tutto, ma solo e semplicemente *Tutto*, perché in esso non vi si trova appunto più nessun *essere*.

I.26. Valore

Altresì ciò che importa alla vita è ciò che vale, questi ha sempre un costo, proprio perché vivere non è un dono.

Il concetto di valore non si può generare in una singola cognizione isolata, esso è sempre frutto d'una comparazione, anche se il prerequisito per questa relazione sta nel fatto che esso sì ponga proprio come un elemento assolutizzato. Ciò è evidente anche quando quello che si considera appare imparagonabile ad altro, un valore assoluto appunto, ma che a ben vedere è il frutto di un paragone: quello con il tutto, quello che gli ha permesso di elevarsi al di sopra di ogni cosa, di tutto appunto.

Non va nemmeno tralasciato che le concezioni di valore si collocano sempre in definizioni oggettive della realtà. Di conseguenza ciò che vale si propone anche sempre come un qualcosa che è relativo a qualcuno, proprio perché un valore, anche uno assoluto, può essere tale solo in relazione ad un soggetto: è, e può essere assoluto, solo per un soggetto!

Ciò che pare fondante nel valore è quindi il suo aspetto di relazione, il suo intercorrere tra elementi diversi. La determinazione del valore delle cose non può pertanto sottrarsi ad una strutturazione pluralistica, costituita da più elementi, comunque in se stessi assoluti, come ad esempio il rapporto tra oggetto e soggetto. Solo attraverso una costituzione in elementi è possibile determinare l'identità di questo, quello, io, la cosa, ciò che è meglio, peggio...

Il valore, anzi l'esigenza del valore, richiede quindi la differenziazione.

Tuttavia un bisogno non è garanzia di realtà!

Il bisogno di definire valorialmente il mondo, non è garanzia della differenza insita nel mondo. E' indubbio però che la vita abbisogni della differenza per porsi all'interno di una possibilità di senso. Ma è molto probabile anche, che un certo modo di caratterizzare la realtà abbia generato in noi una conformazione cognitiva improntata a rispondere solo ai nostri bisogni, piuttosto che ad una visione dell'esistente estranea a questa necessità. In merito a questo argomento si potrebbe obbiettare dicendo che quanto non ci interessa non possiamo nemmeno conoscerlo; ovvero, possiamo solo codificare il mondo attraverso le nostre categorie differenziali.

Tutto ciò pare però eccessivamente vincolante, in quanto il pensiero pregiudizievole non ha la stima sufficiente per poter essere ritenuto anche l'unico modo di pensare, questo avvalorato anche dal dire che le forme del pensiero sono il suo limite, oltre al quale è chimerico avventurarsi.

Chi ritiene ancora che pensare sia un'esclusiva facoltà della mente, è probabilmente estraneo ad una visione della possibilità del pensiero di autoconsiderarsi, ma probabilmente anche dalla necessità di farlo. Pensare non è un'esclusività delle forme mentali, le forme tutt'al più ne sono un prodotto, quello più utile indubbiamente, non per questo anche più significativo. Pensare alle forme del pensiero, quando avviene, è già un passare oltre quelle. La conoscenza ci pone in questa prospettiva: ogni qualvolta si definisce un limite, in quel medesimo istante la sua considerazione ci ha già permesso di superarlo.

Il pensiero che si pone nella direzione della conoscenza, è per questo irraggiungibile, indefinito.

E' evidente che i valori siano necessari ad interagire con l'ambiente in cui viviamo, a codificare i gradi dell'agire. L'uomo che ha soppiantato la sua naturalità istintiva votandosi all'assoluto, non può fare a meno dei suoi valori. Ma ciò non esautora l'apertura all'interrogazione, non può pretendere la conclusione nel limite. Anche se è certamente indispensabile che esso sia come lo vediamo, non possiamo però affermare che il mondo esistente sia proprio così come noi lo vediamo.

Questo dubbio è in fondo ciò che ci permette di fare attenzione alla necessità di non restare fermi nelle nostre conclusioni.

I.27. L'ultima domanda

Pertanto, essendo appunto la filosofia anche il continuo desiderio di sapere, come pure anche la continua ridefinizione di ciò che a prima vista sembrerebbe concluso, quale è invece il campo in cui essa opera?

Tradizionalmente questo campo comprendeva ogni sfera del sapere, e si designava solo come l'atteggiamento generico di voler capire. Man mano però che i sapienti venivano a preoccuparsi di costituire un'aurea di credibilità alla loro conoscenza, affrontando con ardore i problemi della verità, prendevano a formarsi, per offrire a quelle esigenze le risposte più adeguate, diverse soluzioni.

La strategia che è apparsa più funzionale, palese soprattutto in epoca moderna, è stata quella di adottare dei metodi che disciplinassero le indagini, in modo da realizzare costruzioni sistematiche e organiche difficilmente contestabili, proprio perché costituite da argomentazioni conseguenti tra di loro. Col tempo il sapere, attraverso la necessità sempre maggiore di coerenza interna, si è pertanto costituito in ambiti disciplinari rigorosi e sostanzialmente chiusi in se stessi. Le impostazioni metodologiche si sono quindi riorganizzate, nell'ambito delle singole argomentazioni, come discipline, sviluppandosi in ciò che generalmente nominiamo come le scienze. Ma mentre le varie materie hanno trovato nella loro riorganizzazione una capacità di risposta sempre più adeguata, la filosofia è invece venuta a svuotarsi, sia dei propri oggetti, che della capacità di organizzarsi metodologicamente su questi, perciò è venuta ad apparirci priva di una vera utilità.

Quanto è avvenuto può però essere considerato sotto diversi aspetti. Certa è la crisi della filosofia nella contemporaneità; non è raro sentire affermazioni del tipo: "Ma questi sono solo discorsi filosofici!" come per affermare: su questo campo non si arriva a nulla, ed è assolutamente inutile discorrere in questi termini.

Ma ciò nonostante è anche certo che la filosofia, attraverso l'alienazione dalle scienze, ha potuto anche riacquisire le proprie argomentazioni, quelle che Aristotele definiva come proprie della *Filosofia prima*.

La filosofia, svuotata dalle necessità dell'immanenza, ha potuto così riappropriarsi del suo etimo, permettendo al suo praticante di ritornare ad esercitarsi più come un *desideroso*, che non come un *possessore* del sapere, un anelante, più che un utilizzatore di quello, sviluppando così una sensibilità maggiormente improntata all'interrogazione, piuttosto che alla soluzione, e al fatto che il sapere rimanga amabile, ovvero nello stato di essere auspicato, piuttosto che detenuto.

E' chiaro! Qui quello che emerge è un atteggiamento più originario, un atteggiamento maggiormente rivolto verso l'origine della risposta, ossia la domanda. Quest'ultima ha del resto un ruolo fondamentale in merito alla conoscenza, se non altro in quanto è il modo più naturale di avvicinarci a questa.

Proviamo ora a vedere, con alcuni esempi, come attraverso l'unità dell'interrogazione sia possibile evidenziare dalla medesima constatazione ambiti di conoscenza distinti: i vari aspetti del reale, gli svariati gradi della conoscenza, i ruoli delle singole discipline.

Partiamo da una constatazione ipotetica, per esempio "una mela sull'albero":

Perché il frutto è la parte della pianta deputato alla riproduzione? (*Biologia*)

Perché deve cadere? (*Fisica*)

Perché l'albero di quella mela è stato piantato in quel luogo? (*Agronomia*)

Perché una mela può essere un elemento appartenente ad un insieme denominato albero? (*Matematica*)

Quale è il suo valore? (*Economia*)

Nelle persone che reazioni produce? (*Psicologia*)

Perché quella mela esiste? (*Filosofia*)

La domanda filosofica, in questo esempio, appare l'ultima domanda possibile. E' ovvio che altre domande potevano essere poste, e anche codificate nelle varie scienze attuali o ipotizzabili. Ma l'ultima domanda non può che essere filosofica. Quella che interroga, non tanto *come* le cose esistono, ma *perché* esistono.

La filosofia si pone perciò al limite, ai limiti, quindi potrebbe benissimo essere anche – non solo l'ultima domanda – ma anche la prima.

La sua è un'essenza estrema, quella sostanzialmente del vuoto, del negativo, di ciò che delimita, ma che anche immette subito dopo – immediatamente – nel positivo: nella concretezza delle scienze.

Anticamente alla filosofia era richiesto di enunciare dei principi, affinché da questi fosse possibile dedurre lo scibile. Del resto se gli antichi avevano necessità di comprendere nella filosofia tutto il sapere, per noi oggi è insensato proporre ciò. La filosofia del nostro tempo non si connota come base del sapere, ma come riferimento ultimo, come interrogazione estrema di questo. Il senso della filosofia non è quello di emulare la scienza attraverso un proprio specifico, ma di essere il luogo di confine, il laboratorio del limite, quello in cui ciò che si esperimenta possa permettere la consapevolezza dell'infinito, del *"senza fine"*.

E' pertanto corretto che dalla filosofia non ci si debba attendere risposte esaustive, perché le sue risposte, più che definire i confini delle cose e le sue leggi, ne sanno provare solo la robustezza. La risposta filosofica può pertanto apparire come una forzatura, questa può però ampliare il campo d'azione contenutistico delle scienze stesse. Anche per questo forse ai propri confini le scienze possiedono sempre un pallore filosofico, ovvero degli aloni di teorie incerte che ne delimitano appunto gli ambiti.

E' sensato perciò che la filosofia rimanga nella sede dell'ipotetico; quella sede che l'accomuna a tutte le scienze – certamente,– come anche a tutte le considerazioni sull'esistente. Non è comunque utile né alla filosofia come né alla scienza una filosofia che sia in concorrenza con essa. Di converso conviene però prestare attenzione anche a non ridurre 'l'amore per il sapere' alla povertà dell'insignificanza, il rischio è che anche l'esistente divenga tale.

Ricercare il significato della filosofia, non equivale a ricercare un significato per la filosofia, ma bensì il significato dell'esistente che questa interroga. Significato che, vivendo assieme alle nostre ignoranze, può anche apparirci estraneo, ma non lo è! proprio perché vive in noi, ed è ciò che in fondo cerchiamo.

I.28. Rappresentazione e scienza

Quando è possibile quindi affermare che qualche cosa è scienza, e quando no? E' abbastanza evidente che la scienza come concetto racchiuda una certa complessità. Essa si presta a diversi distinguo: quale scienza? E' possibile parlare di una singola scienza? Di certo sappiamo che non esiste un singolo argomento né un'unica modalità di trattarlo, pertanto non possiamo avere un'unica scienza, ma come ci risulta: tante discipline scientifiche.

Un tempo, come si è detto, il sapere era univoco, così come la verità. Essi, come un padre e una madre, hanno generato tanti altri saperi, e tante altre verità. Rimane il fatto però, che per comprendere questi saperi, bisogna sempre e anche comprenderne le loro origini, dato che solo tramite ciò vi è la possibilità di sviluppare un sapere della scienza, e non invece solo tante argomentazioni, quante sono le scienze appunto.

Questa unificazione del molteplice comporta un'ovvia perdita di specificità, ma ciò non deve dispiacere, perché ne possono derivare ulteriori possibilità, anche per la specificità stessa.

Come si dà la scienza?

Questo quesito mi pare imprescindibile per poter affermare cosa essa sia. Solo rimanendo ancorati alla sua evidenza noi corriamo meno il rischio di fare un discorso che abbia perso i propri presupposti. Nel dare è anche sempre compreso un datore, così come pure un accoglitore, ossia dei 'testimoni' credibili, dato che in prima persona essi esperiscono l'atto in questione. La creazione del dualismo platonico, corpo-anima, ma anche della coscienza cristiana e pure dell'inconscio freudiano, nascono del resto da questa necessità, altrimenti come si potrebbe ad esempio attendere al detto delfico del "conosci te stesso". Come sarebbe possibile conoscersi senza atti comunicativi, senza espressioni, senza la possibilità che un corpo in fondo 'parli' ad un'anima, o un io alla propria coscienza, o anche un inconscio al proprio conscio.

La scienza si mostra attraverso atti comunicativi, in modo riduttivo, ma per evidenza, si potrebbe dire: attraverso la parola, il discorso. Ogni scienza di fatto è sempre anche una 'logia'.

A ciò si potrebbe però contestare che la descrizione fatta attraverso una legge, come ad esempio nell'ambito della descrizione di un fenomeno fisico, non è la legge stessa, così proprio come un significante non è anche il suo significato.

Ma ne siamo proprio così certi?

Immaginiamoci di essere digiuni di qualsiasi conoscenza scientifica, e come un bimbo muovere i primi passi nel mondo. Una delle prime cose che ci incuriosirebbe potrebbe benissimo essere il fatto che tutti gli oggetti che ci circondano, se presi e poi lasciati andare, cadono verso il basso, cadono in terra. Probabilmente dopo aver provato con svariati oggetti, magari anche per più giorni, con la luce e al buio, da soli o in presenza di nostra madre... concluderemmo la nostra ricerca con la convinzione che tutte le cose cadono a terra. Da ciò la nostra prima e bella legge fisica. Difatti stanchi di sperimentare le particolarità, avremmo ritenuto opportuno universalizzare le nostre esperienze in un unico modo di darsi delle cose, ossia di assoggettarle ad un'unica legge. Ma poi un bel giorno, con nostra enorme sorpresa, alla fiera del paese ci viene regalato un palloncino gonfiato con un gas più leggero dell'aria, il quale sfuggendoci dalle mani, purtroppo non cade, ma bensì vola via. Tutto ad un tratto ci sentiremmo avviliti, perché la nostra scienza ha fallito, essa non aveva previsto un fatto che invece poi si è verificato. Pertanto, dopo aver osservato che anche ad altri bimbi poteva succedere la medesima cosa, non avremmo potuto far altro che riformulare la nostra legge fisica: "tutto cade all'infuori dei palloncini!"

In questo esempio emerge inconfutabilmente che qualsiasi legge scientifica non può mai essere conclusiva, dato che non può che limitarsi a ciò che fino a quel momento si è verificato, o conosciuto, pertanto le sue semplificazioni universalizzanti, le sue leggi, non possono mai fornirci la certezza assoluta che non si potranno avere conoscenze o fatti non ancora accaduti.

Di fatto questa assenza di assolutezza fa in modo che la scienza attuale (la quale va ricordato ha anche molto a cuore i fatti), sia orientata, più che a mantenersi fedele a singoli principi, a far sì che il suo metodo sia funzionale agli obiettivi che ci si prefigge, ossia, che esso si formuli sulla base di ciò che *si vuole*. Da ciò anche il diffuso funzionalismo, che se di per sé non può essere considerato negativamente, valutato nella sua esclusiva teleologicità evidenzia l'estromissione del movente originario, ossia ciò che è al di fuori del ritenere importante solo il raggiungimento dei singoli risultati.

Di conseguenza, nonostante siano molto chiari gli intenti delle scienze, altresì rimane invece molto oscuro il suo senso complessivo, ossia a cosa serva, al di fuori dei fatti specifici, una conoscenza di tal genere.

Ma per ampliare ulteriormente il discorso sul modo di darsi della scienza, anche un altro argomento può venirci dall'esempio del "bambino scienziato", in quanto le leggi che lui ricava si basavano certamente su esperienze vissute, ma anche su delle rappresentazioni. Ciò si dimostra quando esperimenta la caduta degli oggetti; qui quello che definisce le leggi non è l'esperienza stessa, ma bensì la composizione immaginativa delle esperienze vissute, ossia il quadro composto dal suo ricordo nei confronti degli oggetti. E' questa rappresentazione che supplisce alle esperienze stesse, e che funge da sostrato sintetico alla costituzione della legge scientifica. All'esperienza del palloncino che se ne vola via, il bambino non ha come termine di confronto un altro oggetto caduto, altrimenti non sarebbe possibile la sua delusione, ma bensì un proprio costrutto, ossia l'immagine complessiva degli oggetti caduti, o meglio, di tutti gli oggetti, proprio perché per lui tutti gli oggetti cadono! Egli avrà come termine di confronto un concetto, *un credo*, quello, in questo caso, di caduta.

E questo è anche quanto compie la scienza. Essa si confronta nelle sue ricerche sempre con idee e leggi, per formulare nuove idee e nuove leggi. Ciò facendo essa però disattende il contatto originario con l'esperienza, con il senso, ciò che dovrebbe quindi anche *darle* senso.

A questo punto bisogna però anche far chiarezza sulla diversità che vi è tra scienza e sapere, proprio perché se il sapere può essere ritenuto anche una semplice consapevolezza individuale, la scienza no! La scienza si distingue dal sapere individuale perché si è formalizzata nel linguaggio. Con ciò non si vuol negare che anche il sapere può essere comunicato e che quindi abbia anch'esso nel linguaggio una propria possibilità di trasmissione, ma solo sostenere che esso, a diversità della scienza, possiede un detentore, ossia possiede una fonte da dove viene trasmesso. In sostanza, non esiste sapere senza colui che sappia, mentre vi può invece essere scienza, a prescindere o meno da che vi sia un detentore di questa.

La differenza appare determinante, perché permette di comprendere che la scienza è un sapere che si è sedimentato e formalizzato nel linguaggio. Essa, come questo, appare costituirsi di proprie leggi. Così come per scrivere bisogna rispettare almeno alcune norme che regolino la grafia, in modo tale che altri possano decifrarla, così anche la scienza codifica le proprie esperienze di conoscenza in modo tale che possano essere riconoscibili.

Il linguaggio è pertanto determinante per la scienza. Essa non può sussistere senza questo. Quando un sapere vuole diventare scienza, esso deve per forza trovare una modalità comunicativa. Se per esempio un ipotetico sapere aspirasse ad esprimersi nella forma linguistica generalmente più ambita dalle scienze, ovvero la matematica, esso dovrebbe anche accettare di costituirsi su di essa. Pertanto, questa sudditanza verso la forma espressiva del linguaggio, è certamente ciò che legittima un sapere verso l'universalità, ma anche quanto lo rende monco delle sue istanze sapienziali. La scienza, di fatto, analizza il mondo dall'altezza dell'insieme delle regole che la costituiscono: dalla sua struttura. Potremmo definirla una brava traduttrice che ci dice, in un linguaggio a noi comprensibile, come sia possibile agire nel modo più appropriato nel mondo; è per questo che nascono le strumentazioni scientifiche, anche le più elaborate: per supplire le nostre 'mancanze', ossia le nostre mancanze anche di sensibilità.

Che tutto ciò sia da ritenere un bene non è però giudicabile in un semplice scritto, proprio perché questi, – essendo solo uno, – non può in nessun caso essere anche una scienza. Quest'ultima ci ha comunque dato molto, pure di ciò che non sapevamo di volere, anche se però non ci ha ancora dato ciò che vorremmo: di certo non ci ha ancora dato l'immortalità.

Pertanto l'uomo, finché sarà tale, non può che rimanere mortale. Per questa sua mortalità quindi, un sapere fondato anche sulla sapienza non potrebbe certamente nuocergli. Un saper fondato sulla vita, la sua vita, quella singolare, e al di fuori della ripetizione, impossibilitata per questo a divenire scienza. Un sapere attento perciò anche alle verità umane, quelle che non ci chiedono di osservarci solo come un'entità obiettiva, oggettiva: *qualche cosa*. Perché è solo nell'assenza dell'immortalità, nella mancanza dell'assolutismo posto in atto della ripetizione universalizzante della scienza, che nasce anche la possibilità di un oltrapassamento di ciò che è già avvenuto.

I.29. Colpa ed errore

Giunge come un avvenimento spiacevole, perché si é sbagliato; quando si manifesta spontaneamente, la prima cosa da farsi è cercarne la causa, da dove proviene, poi, chi o cosa di essa è responsabile, chi o cosa ne ha la colpa.

La nostra concezione sociale di base, del resto, si mantiene concettualmente nell'archetipo biblico della *Genesi*. Avere la colpa è sostanzialmente anche essere l'origine dell'errore, è essere – come causa – ciò che è sbagliato, ossia partecipare al male originario. Pertanto se l'errore è considerabile come un effetto, la sua causa non può essere certamente Dio, che per definizione è l'essere perfetto, come neppure ciò che da lui direttamente proviene, ossia il creato, la natura. Dio non può sbagliare, come neppure la natura, essi sono sempre nel giusto, solo l'uomo, e la sua compagna, possono invece sbagliare; i fatti che hanno condotto al peccato originario ce lo presentano chiaramente.

Ma ciò lascia aperto un dubbio; questo è favorito dal fatto che anche l'uomo e la donna non possono che essere considerati creature di Dio, pertanto l'interrogazione che viene ad evidenziarsi è la seguente: cos'è che il Supremo non crea in loro, che tipo di mancanza hanno realmente, che genere di peccato, veramente originario, essi compiono?

Forse quello di pensare?

Proprio perché sceglie, l'uomo contraddice il volere di Dio, proprio perché pensa, egli sbaglia, e diviene di conseguenza un errante, un peccatore.

Pensare rimane però la condizione costante, come peccare del resto, come sbagliare. Il pensiero è quindi per sua costituzione fonte di errore, è l'idea differenziatasi dalla natura. La sua struttura produce virtualità, è specchio, e perciò produce riflessione, non pura concretezza. Il pensiero è antitetico alla natura, è idealismo che si oppone al reale, è quell'insanabile frattura tra idea e materia.

Comprendere ciò equivale ad assumere il compito dell'irraggiungibilità della perfezione, che vuol anche dire: rimanere sostanzialmente desiderosi di questa senza mai poterla raggiungere: dei perenni mancanti.

Pertanto, se non si considera ciò, solo un fatto miracoloso – l'intervento divino – potrà porre fine a questa spaccatura originaria. Ma la concezione che attende questo atto chiede che ad esso ci si prepari, chiede che ci si alleni a non sbagliare, quindi a purificarci dal peccato, perché solo su queste basi etiche, solo esercitando il pentimento, si potrà aspirare all'intervento conclusivo di Dio, e al ricongiungimento con la sua volontà originaria.

Chi sbaglia, perciò, senza pentirsi, senza fare ammenda, continua a voler rimanere un 'errore della natura', non facendo nulla per elevarsi dalla sua condizione colposa.

Ma proprio in questi passi può evidenziarsi un dubbio. Se Dio è perfetto, e la natura da lui creata è da considerarsi alla stessa stregua, come può l'uomo, che è indubbiamente anch'egli una creatura di Dio, non rientrare in quella perfezione?

E se ciò non fosse?

Se altresì l'uomo fosse già anch'egli perfetto?

Del resto sappiamo che ogni attimo in cui viviamo potrebbe anche essere il momento della nostra morte. Come è pensabile che la morte non sia il momento conclusivo della vita, ciò che la conclude, che la finisce. Come può l'uomo non essere sempre già concluso, perfetto, finito, proprio perché pronto a finire in qualsiasi istante, sia al primo giorno di vita come a cent'anni...

L'uomo non è un errore della natura, egli è da sempre compiuto, proprio come tutto l'esistente. L'uomo per questo motivo non può sbagliare; ciò non implica però che la sua esistenza non sia un mistero, anzi, il rapporto con quello sembrerebbe essere anche il suo compito. L'enigma della sua vita gli impone di realizzarla, affinché questa possa esistere. In questo senso egli più che un mancante potrebbe apparire un realizzante, più che sbagliare, potrebbe avere la colpa di non realizzare l'esistente.

Pertanto è solo considerando l'errore non uno sbaglio, ma bensì un'apertura all'imprevisto, al futuro, al mistero, che è possibile emergere dal determinismo di un pensiero che ha interesse esclusivamente al preordinato, ossia all'esercizio del proprio potere di determinazione sul futuro.

La spaccatura tra idea e realtà che struttura la possibilità d'errore è considerabile quindi, non solo come il luogo dell'eterno errare, ma anche come ciò che permette il distacco dal determinismo, sostanzialmente quanto rende fattibile la nostra necessità originaria di realizzare qualche cosa che non sia dettato né prestabilito da nessun potere estraneo; una spaccatura questa quindi da considerare come ciò che ci pone nella necessità di realizzare il nostro peculiare destino, sia esso individuale, che collettivo.

Errare è umano, anzi, necessariamente umano. Trovare nell'errore non solo uno sbaglio ma anche la fonte dell'originalità, ossia anche la fonte dei nostri pensieri più propri, potrebbe essere considerato non solo utile, ma anche ricco di possibilità significative. Ciò non è pero la traduzione del detto "chi sbaglia impara", in quanto questo ammonisce solo ad imparare utilitaristicamente a far tesoro dei propri errori, per non sbagliare in futuro. In questo caso invece si dovrebbe forse dire: "chi sbaglia impara il suo destino", e può collocarsi nel proprio senso, proprio perché può permettersi di lasciare affiorare la sua erroneità originaria, ossia permettersi di guardare ciò che gli viene incontro, perché solo in questo modo egli può capire dove sta andando. "Chi sbaglia impara che conviene sbagliare", impara che l'errore è l'apertura al futuro, alle cose mancanti di predeterminazione.

Non tutto va riposto al di sotto delle nostre leggi, aspettative, bisogni, negando al mondo la possibilità che ci *stravolga* con la sua ricchezza.

Il nostro destino, – quello di tutti e tutto, indistintamente, – non può in nessun caso essere un errore, altresì anche Dio non potrebbe individuarsi come l'essere veramente perfetto.

I.30. Gnoseologia dell'errore

A questo punto converrebbe notare anche altre condizione dell'errore, queste provengono dal fatto che siamo soliti distinguere pensiero e natura, o meglio razionalità e irrazionalità, come istanze provenienti da facoltà umane distinte. La ragione o razionalità, come pensiero che teorizza e costituisce il nostro senso della corretta socialità, ossia civile, l'irrazionalità come pensiero proveniente dai nostri istinti primordiali, la nostra anima animale. Allo stesso modo distinguiamo il mondo artificiale da quello naturale. Il primo come frutto della ragione, il secondo come entità che sottostà alle medesime forze che ci costituiscono come esseri biologici.

Attraverso queste forme primogenite del modo di pensare, noi assumiamo la realtà in modo categorico, in modo però anche riduttivo e infecondo. La concezione dell'errore è una di queste idee campione; anch'essa come le altre permette la possibilità di giudizio, la possibilità – improbabile – di una considerazione inequivocabile sull'esistente.

Questa concezione, a prima vista, sembra una delle cose più facili da individuare, ma appena gli si toglie l'incrostazione iniziale, emerge subito una stretta connessione con ciò ché si può riferire alle condizioni che determinano il *valore* delle cose. Da qui un sostanziale relativismo che ne compromette la saldezza di veridicità assoluta.

Escludendo perciò l'ipotesi di poter tentare un'individuazione di quali e quanti possano essere quei pensieri o azioni da ritenersi come errori, rimane però il problema della natura dell'errore, quindi cosa esso sia sostanzialmente, come avvenga. Forse si potrebbe anche dire che errore è tutto quanto non si adegua al nostro disegno, tutto quanto fuoriesce dall'indirizzo che abbiamo dato o che volevamo perseguire.

Del resto è possibile rilevare comunemente che quando ci si trova dinnanzi ad un errore, è perché è avvenuto uno scostamento dal nostro indirizzo, comunque ci si è posti verso un altro indirizzo, generalmente non voluto, ovvero è avvenuto che la nostra concezione di mondo si è trovata in contrapposizione con un'altra concezione simile, ma che non ci appartiene, oppure alla concezione di terra, per definizione sostanzialmente antitetica a quella.

Se ad esempio, nel realizzare il nostro concetto di costruzione in un'opera architettonica, essa viene investita dall'impatto – per nulla appartenente alla nostra volontà – tellurico di un terremoto, quanto constateremo dovrà per forza provenire dall'osservazione di quanto la nostra concezione sarà stata in grado o meno di resistere alle forze incontrovertibili della natura, e da ciò ne verrà la conseguente implicazione di aver sbagliato o meno le previsioni di ciò che necessitava ad un'adeguata progettazione di quell'edificio.

Tentando di approfondire ulteriormente il discorso, devono però essere considerate anche altre questioni: cosa invece non è un errore?

Prima ipotesi di risposta: l'errore stesso?

Forse, proprio perché se è vero che un significante non è anche un significato, allora anche un errore, ossia un tipo di definizione, non è per forza anche uno sbaglio, ossia un altro tipo di definizione!

Ma come potrebbe una cosa essere anche il contrario di se stessa?

Seconda ipotesi di risposta: forse quando viene vista al contrario?

Ma una cosa non è il contrario semplicemente perché viene vista in quel modo!

Ciò può essere vero, ma del resto anche l'opposto ha le sue buone ragioni. E allora?

Probabilmente per emergere dai recinti categorici è indispensabile per prima cosa ammetterne l'esistenza, poi pensare anche ad un 'oltre il recinto', altrimenti l'osservabile rimarrebbe anche l'unica realtà.

Che l'errore sia un precetto del nostro bisogno d'esistere, è indubbio, ma considerare l'errore solo come il contrario di ciò che è corretto, questo potrebbe anche essere lo sbaglio.

Quando il pensiero analitico la fa da padrone, la differenza è l'unica concezione guida che permette le antitesi. Difatti é solo attraverso queste che si genera la possibilità di sbagliare. Ma se alle antitesi si sostituisce l'indifferente, non la negativa indifferenza, ma bensì la concezione di una base indifferenziata dell'esistente, allora anche l'errore può divincolarsi da una codificazione contenutistica che ne svilisce le sue possibilità.

Auspicare di sbagliare può in effetti essere considerato anche come il tentativo di uscire dalla ciclicità dello sbaglio. Che l'errore sia la soglia per non cadere nell'incontrollabile, è probabilmente ciò che ci trattiene continuamente a non commetterne. Sbagliare pone certamente al di fuori del consueto e rassicurante senso di dominio, ma anche di fronte all'inconsueto, in sostanza verso una forma di sapere incontrollato, che appunto perché tale, non è solo già dato: saputo.

All'errore conviene quindi avvicinarsi, guardinghi certamente, con il giusto sospetto, ma avvicinarsi. Del resto dall'errore ci si può aspettare di tutto, non solo qualcosa di prestabilito.

Il senso di un programma non è forse già contenuto nella sua programmazione? Non è già precluso, previsto, finito e concluso in essa?

L'apertura a ciò che non è già dato è invece indispensabile a ciò che potrà essere. Attraverso una disposizione diversa nei confronti dell'errore è possibile comprendere qualcosa di nuovo, forse solo perché non concluso già di partenza.

Formulare metodi che abbiano nella loro essenza la possibilità di generare errori, è una scommessa che andrebbe fatta, per tentare di uscire dalla tautologia delle nostre scienze esatte. Conoscere, non è ammissibile che sia solo la semplice verifica di quanto percepiamo. Non può essere ridotto ad affermare con altre parole ciò che abbiamo "già detto". Come del resto non è conoscere l'attività di vedere meglio ciò che si è già guardato, ma bensì vedere in ciò che si è già visto, quello che non si era scorto.

Nessuno è nato per essere né solo nel giusto come né solo nell'errore. L'essenza non è né giusta né sbagliata. Ogni cosa sta figurativamente nel suo divenire tra un ipotetico minimo e massimo. Dire che è la cosa a scegliere se stare nel minimo o nel massimo è una presunzione. Implicherebbe l'affermazione che esiste un essere privilegiato, che esiste l'uomo distinto dal Tutto, e che tutto debba fondamentalmente servirlo. In effetti queste concezioni appartengono alla cultura che considera l'errore uno sbaglio.

Chi è nato per sbagliare, del resto, non potrà mai essere perfetto. La perfezione continuerà ad esistere finché esisterà l'errore. Quella è comunque anch'essa, attraverso l'errore stesso, un male da mitigare.

I.31. Giustizia

Peccare è infrangere la legge di Dio in diversi credo religiosi; porsi fuori legge è un reato in tutte le comunità di tipo civile. La legge è canone dello sbaglio, è una concezione finalizzata ad evidenziare alcuni tipi di errore.

Difatti la legge, con la sua esplicita necessità di regolare e raffreddare i rapporti umani, si pone al di sopra degli uomini stessi: pone la relazione tra gli uomini sopra la loro esistenza.

La difficoltà che permane nel giustificare la legge, non è però tanto nel ruolo che essa svolge a favore della convivenza sociale, ma nel fatto che le sue condizioni sono essenzialmente false: essa parla dicendosi divina pur essendo realizzata da uomini, predica l'uguaglianza sapendo d'essere parziale. Attraverso la legge alcuni uomini giudicano altri uomini, in alcuni casi ne pregiudicano la vita stessa, affermando di agire non per proprio volere: per quello di chi allora?

Perciò l'imparzialità della legge è la parzialità. Del resto non c'è soluzione, la vita stessa è parziale. Tendere ad un grado di astrazione, fonte però d'imperfetta imparzialità, ci sembra anche, e comunque, l'unica nostra possibilità, pertanto ciò ci basta, e lo riteniamo meglio di nulla.

La falsità della legge? Uno scotto da pagare!

Ma siccome è uno scotto, l'insoddisfazione rimane. Ed è proprio questa che prepara il terreno alla giustizia divina: ciò che ci dà la possibilità di *sanare* le nostre imperfezioni.

Se l'uomo è fallibile, Dio, il perfetto, non potrà fallire, e quindi se sulla terra è impossibile la giustizia, Dio giudicherà in modo imparziale, dividendo i giusti dagli ingiusti, ovvero riproducendo le ingiustizie degli uomini.

L'uomo ha sempre tentato di sfuggire dalla concezione della morte, trovandone a questa però anche sempre soluzioni fuori dal suo concetto, in quanto la morte, vista nel suo stato di fatto, appare la semplice dissoluzione della vita, la sua sostanziale fine. La morte, in questo caso, viene perciò considerata come l'ingiustizia capitale! Perché l'uomo debba morire non trova spiegazioni, probabilmente non ne ha. Essa in fondo ci appare come l'ingiusto castigo nei confronti del nostro legittimo desiderio d'eternità.

Ma a ben guardare: cosa c'è di più giusto della morte? Non è essa assolutamente imparziale? Non tratta tutti nel medesimo modo: buoni e cattivi, ricchi e poveri, grandi e assolutamente anonimi? La morte in effetti – e non l'eternità – mi sembra il compimento della giustizia migliore. Quella proprio veramente uguale per tutti! Anche per questo, probabilmente, essa non può che rimanere una prerogativa divina.

I.32. Pensiero e azione

Ora prendiamo in considerazione due note modalità d'esserci: il fare ed il pensare, ma come entità distinte, perché proprio così generiamo due constatazioni opposte. Difatti pensare e fare le consideriamo generalmente due condizioni antitetiche. Così come dire e fare, anch'esse ci sembrano due realtà completamente diverse e incapaci di assomigliarsi.

Ma le corrispondenze tra pensiero ed azione sono comunque sorprendentemente maggiori di quanto c'inviterebbe a credere la loro opposizione. Pensiero ed azione mantengono al loro interno nuclei semantici che li fanno essere, non solo interdipendenti, ma anche sostituibili reciprocamente. Sostenere perciò ad esempio che un pensiero materialistico sia antitetico ad uno più prettamente speculativo, serve più che altro ad un'identificazione, ad un riconoscimento, che non alla sostanziale diversità di questi, perché ogni azione contiene anche un pensiero, e viceversa, ma non solo, ogni pensiero è anche un'azione.

Il linguaggio, forma ibrida tra pensiero ed azione, ne è una prova sostanziale. Del resto questi non si costituisce (come ad esempio nella lingua), di entità verbali che animano i soggetti muovendoli verso un qualche complemento?

Il linguaggio è una metafora del movimento, come anche del pensiero che lo permette. Non a caso ogni azione è interpretabile, dato che è essa stessa fondata nel pensiero.

Ed il pensiero, per strutturarsi, non necessita del linguaggio, della sua *azione* logica? Senza quest'ultima non avremmo pensiero, ma bensì semplicemente delle pulsioni, delle potenzialità, delle volontà, che per trovare espressione devono però e per forza rifarsi alla logica di un ragionamento, di una comunicazione verbale, di un gesto, di un'azione. Pensiero ed azione si nutrono dei medesimi elementi. Non sarebbe possibile altrimenti la continuità tra di essi, ossia che un pensiero possa divenire un'azione e che un'azione possa essere compresa dal pensiero.

Pensare è un agire in nuce, agire è un modo di pensare.

Si potrebbe probabilmente contestare ciò dicendo che un pensiero a cui non segue un'azione sia inutile. Ma ogni azione contiene già tutto il pensato, è sempre densa di pensiero. Ogni azione non può fare a meno di condensare tutto il precedente, e quindi anche tutto ciò che è stato pensato, perché sia il pensiero, che l'azione, possono vivere solo d'esperienza.

Ogni consapevolezza, quando ci giunge, non può più essere ignorata. Questa può provenire indifferentemente da un pensiero o da un'azione, rimane comunque sempre una comprensione che resta in tutto ciò che pensiamo e facciamo.

Ogni pensiero si nutre delle azioni, ogni azione di pensieri, tant'è che si potrebbe dire che sono la medesima cosa.

Ogni pensiero è un'azione simulata, ogni azione è un pensiero simulato.

Ma se la prima affermazione potrebbe apparire con più evidenza, la seconda va meglio approfondita.

In effetti, quando si agisce, non si cerca di porre in atto un progetto, un desiderio, un'idea? Rendere un pensiero-atto, non è un tentare di rendere l'azione simile al pensiero? E in riguardo all'azione, quando agiamo, non alimentiamo il pensiero di consapevolezze, tant'è che queste sembrerebbero provenirci dal nucleo animativo dell'azione stessa? La consapevolezza dell'azione è parte dell'azione, è propriamente solo un pensiero che da essa proviene: sostanzialmente il pensiero dell'azione, ciò che in essa è simile al pensiero.

Tra pensiero ed azione non vi è cesura, a meno che questa venga prodotta per finalità che s'interessano più all'impiego delle facoltà che non alla loro constatazione.

I.33. Qualità e quantità

Così neppure tra quantità e qualità vi è una vera e propria cesura, dato che questi concetti si dispongono entrambi come medium dell'essere, contestualizzandolo, permettendogli di porsi in rapporto con le cose. Essi afferiscono l'essere, tant'è che nell'esistente esso viene a connotarsi come entità formale e sostanziale. L'essere si entifica nell'uno, premessa indispensabile alla costituzione del molteplice. La quantità è formalità, numerabilità delle cose, è la possibilità distributiva di ciò che è medesimo, pertanto é anche il presupposto alla diffusione dell'infinita riproducibilità.

La qualità invece manifesta la relazione dell'essere con il bene. La sua funzione è perciò quella di attribuire la possibilità di un beneficio alle cose stesse.

La quantità può essere assoggettabile alla qualità, dato che un maggior o minor numero di cose può determinare la diversità di un beneficio, proprio perché il bene può essere inteso anche come quantità di bene.

Scorporando però la quantità dalla qualità, atto indispensabile per una concezione matematica, si pone in evidenza la struttura logica del pensiero razionale, di come questo modula i rapporti tra il molteplice. Il calcolo operativo che qui se ne deduce, rimane però svuotato del fattore qualitativo, rimane una riduzione che non può in nessun caso enunciare regolarità e perfezione dei suoi rapporti, come potrebbe invece apparire a prima vista. Attraverso l'operazione astrattiva della matematica, il concetto rimane spoglio dell'esistente, di ciò che l'operazione genererà sulla qualità degli enti trattati.

La quantità, come proprietà distributrice della qualità, enuncia perciò un'approssimazione, perché se si dovessero distribuire cento mele, queste non potrebbero mai in nessun caso possedere la medesima identificazione fenomenica, non sarebbero mai unità assimilabili, in quanto rimarrebbero sempre cento *unicità* distinte.

Perciò in qualsiasi relazione quantitativa, è la qualità che mantiene una condizione prioritaria e di controllo sulla quantità; è essa che attribuisce o meno valore al numerico, proprio perché il senso delle relazioni non è scandito da quante queste possono essere, ma dal beneficio che da esse se ne trae.

Ma valutando le cose al di fuori del loro essere elementi della relazione, e togliendoci da questa, si può constatare che una realtà oggettiva al di fuori della percezione non è enunciabile, proprio perché essa non può emergere come elemento, non può essere distinguibile, ed é quindi costretta a stare nel coincidente.

Per questo insorge l'oggettivazione, ossia la possibilità della parola, del significato; da ciò anche il quantitativo, che ne è propriamente la determinazione sintattica: cento unità possono distribuirsi in cento simboli identici, ma anche congiungersi coincidenzialmente in un simbolo nuovo, con un nuovo significato.

Sembrerebbe perciò che se il senso di qualcosa non possa che essere ritrovato nella dimensione di un bene effettivo, quindi nella dimensione qualitativa, lo stato della significanza invece non possa che ritrovarsi nella dimensione di un isolamento, di un pensare che escluda i rapporti vitali e qualitativi dell'esistente. O anche, se il senso dell'esistente non sembra poter prescindere da un senso relativo alla vita, la comprensione del significato dell'esistente invece rimanda sempre alle possibilità indeterminate e illimitate della vita stessa.

Le facoltà del significato si propongono perciò come possibilità d'apertura verso ciò che non si conosce. Ciò risulta indispensabile ad ostacolare la negazione (deterministica) delle possibilità, quella che vorrebbe nelle premesse la conclusione di qualsiasi discorso. Pertanto, anche se non è vero che tutto è possibile, è importante però che tutto lo possa rimanere.

Appare quindi opportuno che la finitezza dei rapporti permanga nella dimora delle infinite possibilità, affinché questi finiti abbiano la possibilità di trasformarsi, mutare collocazione: generare, sostanzialmente; facendo attenzione quindi a che la modificazione stessa non intacchi la latenza della possibilità, presente appunto in ogni rapporto. Trasformare per rendere gli elementi della relazione isolati e impossibilitati a relazionarsi sempre e nuovamente, non costituisce il modo corretto per procedere nella definizione di quel significato che invece vuol comprendere l'esistente nella sua sensatezza.

Isolando gli elementi, anche i significati rimangono tali; in definitiva nulli. L'isolamento permette la costituzione della possibilità del significato; essa è perciò continua apertura alla trasformazione, la quale però ha senso solo quando al senso si ricongiunge, per accoglierlo nella comprensione, in modo confacente ad un grado di consapevolezza possibile.

L'isolamento che l'assoluto pone in atto quindi, non smette di aprire, perché solo attraverso l'assolutizzazione diveniamo in grado di significare, ed è solo tramite essa che possiamo produrre un'organizzazione cognitiva efficace, ossia in grado di relazionarsi efficacemente con il mondo. Ciò indica che anche se la costituzione dell'elemento assoluto ci appare sostanzialmente diverso da quello degli oggetti della percezione, questi ne riproduce però una sintassi coerente, dato che le caratteristiche interconnettive possedute dagli oggetti della percezione, sono simili, come possibilità dislocative, a quelle che l'assoluto permette al pensiero stesso.

Il pensiero, per mezzo dell'assoluto, è in grado di relazionarsi nei confronti dell'esistente, fornendoci condizioni empiriche che altrimenti non avrebbero limiti. Nel pensiero assolutizzante è ravvisabile il potenziale di ciò che ancora non conosciamo, che non ha ancora trovato una propria realizzazione, ma che comunque è già in nuce nel possibile. Questo tipo di pensiero è come se possedesse già la predisposizione alle infinite possibilità della relazione, che empiricamente e temporalmente si realizzano. Come se lo sviluppo dell'elemento assoluto, prodottosi attraverso l'esistenza del pensiero, avesse incontrato, e si fosse appropriato, dell'energia connettiva di quel *qualcosa* – che prima di essere *ogni cosa* – lì silenziosamente soggiace, offrendo così al pensiero, non solo esistenza, ma anche le possibilità stesse dell'esistente.

Del resto, anche se gli esiti del pensiero possono essere considerati come elementi spirituali, la sua esistenza stessa non si sottrae alla sostanzialità. L'esistenza di quest'ultima è pertanto ciò che avvalora l'ipotesi di un linguaggio muto, intrattenuto da quel *qualcosa*, con la strutturazione del pensiero. E' proprio grazie alla sua esistenza che il pensiero è possibile; è attraverso il dialogo con questo tipo d'indefinito sostanziale che probabilmente il pensiero si munisce delle sue possibilità, prima ancora che queste siano appunto poste in atto. Le possibilità connettive che la matematica ci permette di rappresentare, sono appunto tali, proprio perché presentano *qualcosa*.

Ma come appare impossibile circoscrivere l'essere assoluto, così anche la matematica non può mai condurci ad una definizione univoca, in quanto, avendo scacciato la qualità, essa incombe sempre nell'assolutezza dell'infinito: infinite sono del resto le possibilità del calcolo matematico!

L'assoluto è perciò la forza del possibile. Questa s'impone costantemente nei confronti dei propri limiti, affinché la quantità sia anche qualità, e il significato anche sensato.

Sensato come il rimanere nella relazione, più che nell'isolamento dell'assoluto, sì, nella relazione! quella che l'assoluto permette.

I.34. Senso e significato

Il senso, inteso come orientamento del movimento, si pone invece sempre in condizioni topiche. Ciò che è indirizzato possiede sempre un luogo di partenza e uno di arrivo. Questi *luoghi*, essendo i termini estremi di un qualsiasi movimento, si pongono sempre anche come opposti, differenziandosi da quelli intermedi, che generalmente vengono considerati come tappe, pause, o simili. Questa concezione, attenta ad individuare la composizione del movimento, fa sì che lo stesso acquisti una vera e propria differenziazione interna, ossia possa rappresentarsi nelle variazioni del tempo.

Ma determinare il senso semplicemente attraverso una partizione strutturale del movimento, non è comunque ancora completamente esplicativo di quanto il senso invece ci propone. Per cercare di chiarire ciò è invece indispensabile anche considerare quanto abbia rilevanza la volontà nella connotazione del senso. Questa permette un'identificazione, ovvero produce la determinazione: *dove* si parte, e *dove* si va, sottraendo il *senso* dalla sua semplice e generica costituzionalità, la quale ci dice solo che *si parte* e *si arriva*.

Ma nonostante si siano prese in considerazione anche le condizioni volontaristiche del senso, ciò non ci mostra comunque ancora nulla del significato posseduto dal senso stesso.

Il significato trascende il senso, anche se da questi non può in nessun caso districarsi, altresì si annullerebbe. Del resto un senso che non è collocato in un significato, può sì mantenere un valore pratico, ma anche rimanere sostanzialmente mancante, insensato, senza un effettivo valore complessivo, ossia senza uno sfondo che gli permetta di essere compreso.

Osservando quanto fin ora esposto è possibile ravvisare quattro nuclei semantici che si propongono, per il discorso intrapreso, come punti di congiunzione. Essi sono: il senso, la volontà, il significato, il valore.

Questi concetti potrebbero benissimo essere raffigurati circolarmente, come elementi che si convalidano a vicenda in una reciproca connessione.

Un senso senza volontà non ha né significato né valore.

Un significato senza valore non può esprimere una volontà, quindi un senso.

Ma se senso e volontà possono esserci proposti come elementi immediati, intuitivi, tutt'altro discorso è quello che riguarda il significato. Questo richiede un impegno di consapevolezza completamente differente. Il significato, essendo un elemento trascendente al senso, non ha una naturalità propria, ma è legato ad un'intenzione: quella della volontà che lo attua, che gli dà corpo. Non è del resto casuale che la parola significato contenga la concezione di *signità*, ossia la sintesi tra l'esito del segno e l'atto che lo ha generato, ovvero i caratteri palesi di una volontà, di un gesto.

Il significato perciò non può che procedere da un'incarnazione, e configurarsi come un'attribuzione rivolta al reale. Da queste connotazioni si può constatare che il significato non può mantenersi in una condizione prestabilita, in un modello aprioristico che tautologicamente si conferma in una aposteriorità; cosa invece che può essere attribuibile al senso. Il significato, attuato tramite la volontà, si mostra compiutamente solo quando raggiunge lo scopo. Esso possiede perciò un carattere speculativo non predeterminato.

Perciò è solo attraverso l'incarnazione del significato che l'essere umano può avvicinarsi a quella materia spirituale che il senso di per sé non gli potrebbe offrire. Il significato comprende e oltrepassa il senso, ed esercita pure una funzione essenziale anche per quanto concerne la volontà.

Nella comprensione il significato dà valore al senso, lo incarna, lo rende: voluto! Il rapporto tra senso e significato non è quindi disgiungibile. Quando ciò avviene, il significato non significa più nulla, diviene puro esercizio, opportuno quando questo è in sé la sola finalità. Il significato acquista il suo carattere più proprio quando comprende il senso, quando sul senso riflette, lavora, ma pure lo mostra, attraverso appunto quel *segno* che solo esso può esercitare.

Un segno che è sentire e pensare.

Il significato perciò non può che essere una produzione, ma proprio perché tale, in grado di essere recepibile. Senso e significato appaiono perciò un binomio necessario. Senza uno di essi si potrebbe dire che un corpo è come monco della sua testa, o viceversa. *Essi* non possono che stare assieme, non possono che compiersi in un'unione, come anche in un'azione reciproca.

I.35. La via del Tutto

Pertanto il percepire strutturato sull'esigenza del movimento, e il pensare, conforme alle caratteristiche del sentire, fanno sì che il nostro modo di concepire l'esistente sia strettamente vincolato all'atto di vivere. Ogni nostra considerazione non può quindi che essere fisica, o meglio, non può che utilizzare concezioni appartenenti a questa sfera.

Di fatto se noi dovessimo tentare la ricerca di risposte metafisiche, ci troveremmo di fronte a dover esprimere forzatamente considerazioni paradossali; valga per tutte il principio primo del "motore immoto" aristotelico.

L'uomo, d'altra parte, è consapevole che la sua esistenza non è riconducibile esclusivamente allo stare in vita. Ciò è ravvisabile anche attraverso considerazioni che osservino la realtà di semplici fatti, come ad esempio quello che anche un corpo umano, seppur quel corpo non sia più in vita, sostanzialmente esiste. La sostanzialità quindi non è solo qualche cosa che riguarda la vita, anche se è solo in vita che noi ne possiamo avere un certo tipo di esperienza.

Il problema si pone perciò nei seguenti termini: é possibile comprendere attraverso un pensiero connotato dalla fisicità ciò che per questo motivo esso non è in grado di comprendere?

Non essendo questa comprensione realizzabile, dato che la fisica è principalmente una fenomenologia delle sostanze, e non la considerazione del loro motivo, dato che essa non dice nulla di queste, ma solo cosa avviene, come avviene, cioè di azioni, movimenti, processi, come è possibile parlare di ciò che non sembra essere fatto assolutamente per la nostra comprensione? Ma anche, quale linguaggio si dovrebbe usare per parlarne, dato che questo dice solo quello che si percepisce e si pensa, ed è esso stesso connotato forzatamente dalla fisicità? In definitiva: ciò che non è fisico, come fa ad esistere se nega la fisicità, se nega sostanzialmente di possedere un'esistenza nell'essere, se dice di non aver né relazioni né mutamenti?

L'argomento contiene di certo le sue difficoltà. Una prima questione andrebbe però definita tramite il concetto di esistenza, mi spiego: cos'è che esiste? Solo ciò che ha un rapporto? E ciò che non ha un rapporto... allora non esiste? Ma se ciò che non ha un rapporto non è neppure nominabile, se non probabilmente tramite metafore o paradossi, e sembra per lo più appartenere ad una fantasia generata da bisogni soggettivi, – e questi purtroppo non sono garanzia di verità, – quale potrebbe essere il modo per parlare correttamente di ciò che non sembra sostanzialmente appartenerci?

Dobbiamo però osservare che se possediamo qualche cosa definibile come il *desiderio di sapere*, ed essendo appunto questo desiderio, presente in noi, codesto ha quindi anch'esso un'esistenza. E' quindi da questa constatazione che conviene affrontare le domande prima esposte.

L'uomo, come dicevo innanzi, ha consapevolezza che la sua esistenza non termina con la sua vita, da qui il suo bisogno di sapere cosa possa esistere oltre la vita, il bisogno di una conoscenza oltrefisica. Ma purtroppo, anche se gli esseri umani possiedono molta fantasia, è impossibile dire ciò che non ha di per sé nessuna realtà fisica, e di conseguenza anche nessuna parola. Ed è proprio per questi motivi che non possiamo sperare in un linguaggio di ciò che *non è*, ma dobbiamo solo accontentarci di un metalinguaggio, fatto di formule metaforiche e paradossali, perché quanto non ha voce, non possiede nemmeno un significato oggettivamente riscontrabile.

Perciò dobbiamo continuare a parlare con le parole della fisica, anche in riguardo a ciò che non lo è, con la conseguente inversione metodologica dovuta al prodursi di un'oggettività che funge da significante, e da un *non* oggettivo che assolve invece il compito del significato.

Qui è però necessario considerare anche quanto riguarda il contrasto tra ciò che è fisico e il suo opposto. Se il primo viene concepito nella accezione di relativo, poiché intendibile come ciò che si relaziona con l'essere della natura, e il secondo invece viene preso solo come qualcosa di assoluto, di metafisicamente incontaminabile, la loro opposizione risulterà solo apparente, e comunque irta di possibili fraintendimenti, in quanto vengono a contrapporsi elementi come la percezione e il pensiero, che sono però fondamentalmente simili, proprio perché complementari tra di loro.

Se la percezione è apprensione dei rapporti dell'esistente, questi sono possibili, concepibili, perché resi assoluti da un pensiero che ne ha evidenziato i caratteri autonomi. Perciò connotare il metafisico di assolutezza, è un errore, in quanto si attribuisce all'indefinibile ciò che non è, ovvero gli si attribuisce la modalità assolutizzante del pensiero!

Perciò prendendo simbolicamente in considerazione le nostre ceneri, come ipotetica ed estrema constatazione dell'esistere senza vita, e sapendo che se non esistesse più vita, non esisterebbero più nemmeno percezioni e pensieri, quindi né rapporti tra le cose né le loro differenze, viene da pensare che a questo punto quella 'polvere' non sia più ciò che pensiamo essa sia, ma bensì sia divenuta invece qualche cosa che ha oltrepassato la fisicità, pur nel paradosso di rimanere qualche cosa di sostanzialmente fisico. Ha oltrepassato l'assoluto, quindi l'esistenza, l'essere, l'identificabile, la possibilità di un rapporto, di una quantità, di una qualità e valore. Questa 'polvere' non è più perciò tale, ma è divenuta qualcosa d'innominabile, che, al di fuori di ogni forma, potremmo richiamare alla memoria con una parola sola, senza nessun articolo che la possa determinare nell'idea di *uno*, essa è "Tutto", ossia qualcosa, che pur *essendo* appunto ciò che è, non ha però più nessun *essere*.

I.36. (il) Tutto

(Il) Tutto quindi non ha alcun senso. Esso, non differenziando, non permette la definizione di un valore per la vita; non produce nessuna nuova strategia o tattica vitale. Non è quindi speranza di felicità o di un futuro migliore.

(Il) Tutto appare come la condizione permanente del divenire. E' perciò un significante, ma anche, quanto può permettere al senso un significato. Appare quindi come ciò che esprime l'essere e il non essere del senso. Lo riqualifica all'interno di una dimensione complessiva. Ciò implica che (il) Tutto sia una con-sapevolezza frutto di un pensiero che non vuole rimanere legato al modo in cui si costituisce.

(Il) Tutto richiama il pensare ad uno status di compresenza, più che di preminenza sul reale. L'individuo e la sua vita diven-gono perciò sia la cosa più importante, come una cosa fra le cose. La vita rimane un valore, altresì non ci sarebbe senso, ma essa non è Tutto! Solo in questi, invece, si può ritrovare di quella il significato. In Esso, vita e morte, svaniscono nella complementa-rietà di un significato complessivo. La vita, qui, non si trincera più nelle sue finalità, ma acquisisce appartenenza, sia nei con-fronti di ciò che conosciamo, come di ciò che non conosciamo. In questo contesto non ha perciò più nessun motivo parlare di maggiore o minore; l'idea di Dio, ad esempio, l'essere supremo, non ha perciò maggior valore di qualche cosa d'infimo, come può essere un granello di sabbia.

(Nel) Tutto non c'è differenza, ma appartenenza reciproca ad un processo in cui, attraverso la medesima dignità, non viene trascurato nulla, sia nei confronti della presenza, che dell'assenza.

(Nel) Tutto la vita appare perciò l'espressione di un significato complessivo. La mia azione non diviene più semplicemente solo per me, per gli altri, per Dio…, ma si colloca tutt'al più in un *per (il) Tutto.* Tutto ciò che si fa non può quindi che ricadere in *Esso*, in quanto ogni azione ne fa parte, pur non essendone *una* parte.

(Il) Tutto non è quindi semplicemente un concetto unificatore, ma ciò che esprime un'unità sostanziale. Solo dimenticando le possibilità dei significati che il pensiero già ci offre, è fattibile non incappare nella considerazione per cui (il) Tutto non sia altro che un insieme di entità distinte. Un pensiero concepito solo per la sua funzionalità ha prodotto delle forme di pensiero che sono state ritenute le uniche forme del pensiero. Questi, strutturato esclusivamente su dei bisogni innegabilmente vitali, indispensabili ad una determinata forma di vita come quella umana, ossia con determinate caratteristiche sia percettive che attive, ha fatto in modo che questa determinata natura, l'umana, sia diventata creatrice dell'esistente. Basti pensare ad esempio al famoso *cogito ergo sum* cartesiano.

Rimanere nella convinzione che l'esistente sia costituito da differenze, è come continuare a ritenere che il pensiero non sia ciò che significa il mondo. Senza ciò che lo permette, del resto, neanche il pensiero potrebbe pensare quanto lo permette; come dire, non può esistere pianta senza terra, senza ossigeno, calore... Ogni esistenza non esiste da sola, come non esiste neppure solo assieme a determinate cose. L'uomo non potrebbe esistere senza terra, la terra senza sole, il sole senza il proprio sistema solare... senza (il) Tutto. Ogni cosa è indispensabile a qualche cosa d'altro, e nulla può bastare per se stesso. Pertanto è solo la nostra vita che assegna le differenze e i gradi di esse, ossia assegna più o meno valore a secondo di ciò che più o meno le interessa.

Ma (il) Tutto non si configura come sistema, anche se nell'evidenziarlo come tale, (del) Tutto se ne possono ravvisare i 'sintomi'. Del resto ogni sistema rimane soggetto ad una concezione particolare, così come avviene anche con il concetto di Universo; qui, ravvisando solo i tratti fisici, non si può che rimanere nell'ambito di una riduzione, e ciò non si distacca molto dal valutare sempre con un proprio criterio, ovvero, quello di configurare anche (il) Tutto sull'analogia del mondo, sapendo che il mondo è configurato sul bisogno-misura dell'uomo.

(Nel) Tutto è implicito sia l'esistente che le sue possibilità; pertanto in esso ciò che vive, non è più importante della sua possibilità d'inesistenza mortale.

(Nel) Tutto non vi è configurazione, proprio perché in esso la vita (ciò che è presente), non ha preminenza sulla morte (ciò che è assente). Che ogni cosa è, potrebbe essere, o non potrebbe essere, è per (il) Tutto indifferente. La differenza, tutt'al più, potrebbe ravvisarsi nella necessità di realizzare il possibile, in quanto (il) Tutto, essendo infinito *solo* nelle sue possibilità, è però anche un concluso nella sua sostanza. Pertanto, essendo (il) Tutto un rapporto tra finito e infinito, Esso necessita anche di un compimento che avvenga come realizzazione, ovvero che coniughi la finitezza sostanziale con l'infinitezza che invece è solo possibile. Questo affinché l'esistente possa appartenere alla vita, possa veramente divenire qualcosa di reale.

(Nel) Tutto quindi ciò che non conosciamo è sullo stesso piano di ciò che conosciamo. Attraverso (il) Tutto possiamo però venire a conoscenza di dove cercare ciò che non possiamo conoscere in Esso.

(Il) Tutto può significare molto, ma non per sé, bensì come sfondo accogliente di ciò che sentiamo come veramente nostro.

I.37. Opposizione

Nostro, o meglio, nostri, sono per questo anche pensiero e realtà, i quali esprimono due istanze con contenuti sostanzialmente diversi. La realtà è del resto concepita dal pensiero, questi è comunque anch'esso una realtà. Ma cosa si indica con la parola pensiero, cosa con quella di realtà?

Di norma siamo portati, sulla base dell'opposizione dualistica, a suddividere termini come spirituale e mondano, sensibilità e cosa, bianco e nero, destra e sinistra, ed altro ancora; la catena di queste opposizioni potrebbe essere pressoché infinita, in quanto al paradigma dualistico si può riferire ogni cosa, dato che anche l'essere stesso può venire considerato come un genere. Ma se nell'opposizione bipolare possono confluire tutte quelle cose che rispondono semplicemente alla cognizione di essere elementi, essere qualche cosa di per se stesso, l'esperienza originaria dell'opposizione dualistica trova invece il suo paradigma nella sostanziale differenza tra individuo e ciò che lo circonda.

Questo contrasto ha carattere fondamentale, in quanto è ciò che ci fa vivere effettivamente la differenza come opposizione. Difatti è proprio nel percepirci come 'elementi' diversi dalle cose, ovvero in quella caratteristica che ci permette di vivere in un mondo, che viene a strutturarsi in noi quel pensiero che suddivide, sulla base dell'opposizione, l'esistente.

Questo processo, del resto, sta a fondamento anche della possibilità di definire un senso comprensibile, ed è proprio perché è nelle possibilità dell'esperienza, ossia nella sensibilità della sostanza, che esso può proporre il molteplice. Senza sostanze non sarebbe possibile un rapporto, non sarebbe possibile rimanere nel senso. Perciò se il bipolarismo strutturale è la prerogativa delle possibilità di scelta di ciò che appunto si distingue (ad esempio stabilire che il pensiero sia o no una realtà, ma anche viceversa), è poi ciò che viene scelto il vero elemento differenziale e qualificante, ossia ciò che distoglie dall'inerte indifferenza strutturale, e che è anche fondazione di senso. Ciò è in definitiva quanto distingue l'elemento dal suo utilizzo, il concetto dall'azione, la teoria dalla prassi.

Ma quando l'opposizione considera fisico e metafisico, come dovremmo invece porci? Alla stregua di un'opposizione sensoriale? Questo per alcuni versi é sempre stato anche l'approccio maggiormente impiegato. Ma se appunto per definizione le condizioni metafisiche non possono rientrare in quelle fisiche, come possono le prime essere comprese all'interno di quest'ultime? Come possono rimanere nel paradigma sensoriale di un dualismo che è nella sua origine solo differenza tra individuo e mondo?

Il metafisico non è pensiero, come né spirito o anima, come né teoria o idea, in quanto il metafisico non può essere in nessun caso alcunché di fisico. Le condizioni oppositive implicano la reversibilità: se qualcosa si oppone a qualcos'altro, forzatamente anche quest'ultimo deve opporsi a quel qualcosa iniziale; in assenza di questa reversibilità il bipolarismo non si può strutturare, esso non può formulare l'apriori vero-falso, non può offrire le condizioni preliminari di una scelta, e quindi neppure generare la possibilità di un'attribuzione di senso.

Se invece poniamo in opposizione pensiero e realtà, il pensiero può essere ritenuto una realtà, e questa anche un tipo di pensiero. Il pensiero ha una propria naturalità fisica: è una realtà. La realtà è pensabile, essa non si rintraccia nella realtà stessa, bensì nel pensiero. Quest'ultima opposizione è quindi fattibile, quella tra metafisico e fisico invece no, perché quando la si enuncia, per poter trarre delle considerazioni, s'incorre nel rischio di cavar poco, di significativo. Di fatto ci si accanisce ad attribuire senso nei confronti di ciò che non ne può avere.

E' però comunque vero anche il fatto che per esprimerci non possiamo sottrarci alla sensibilità, e a ciò che da essa ce ne deriva sottoforma di esperienza; è del resto tramite la sensibilità che possiamo attuare il riconoscimento di ciò che in genere anche diciamo. La contraddizione in questo ambito è perciò ricorrente, ma non per questo forzatamente deve contraddire. Qui può anche esprimere, attraverso l'opposizione che *essa-è*, un rimando fuori da sé: un rimando verso ciò che appunto non è opponibile. Proprio per queste ragioni contraddice; proprio perché enuncia ciò che non c'è, essa va prevista e non respinta; va posta più come condizione espressiva necessaria, che non appartenente solo ad un ambito rigorosamente sostanziale e di conseguenza logico.

I concetti di metafisico e fisico devono certamente stare nella contrarietà – essi sono contrari – ma non in una contrarietà relativa, bensì assoluta, affinché il concetto di metafisico non incappi nella possibilità di essere una realtà, e il fisico in quella di poter essere nulla. Non si deve correre il rischio che il metafisico possa assomigliare al fisico, ne viceversa, altrimenti sarebbe aperta la strada a formulazioni che esplicativamente mirano a sostenere l'esistenza dell'inesistente.

Ciò non toglie comunque nulla al fatto che la condizione essenziale sia e resti metafisica; sia, seppur senza una propria esistenza, un'assenza, ciò che garantisce la possibilità di significazione di quanto è sensibile. Il rischio che il metafisico abbia dei contenuti, è quello che esso non possa più essere il significato, ma bensì solo qualcosa che è stato significato. L'opposizione assoluta, garantendo i prerequisiti della contrapposizione dialettica, è quanto sola può offrire una significazione insostituibile. Se il metafisico e il fisico fossero interscambiabili, non potrebbero che perdersi nell'insensatezza.

Va perciò notato che la condizione metafisica dell'esistente è la sola che può accogliere il contenuto reale, ossia l'aspetto relativo proprio di ogni assoluto, ed è qui che si trova la sua integrità, l'incorruttibilità della sua idea: ed è qui, ma anche solo qui, che la vita può bastare alla vita, e la morte, alla morte. Ma tutto ciò non è ancora sufficiente, dato che un metafisico accogliente, nasce per la necessità di un fisico d'accogliere. La tensione oppositiva e assoluta tra queste due entità va perciò mantenuta, in modo che ogni cosa non confluisca solo nel fisico, come neppure solo nel metafisico. Qui sia l'uno che l'altro apparirebbero autosufficienti, in essi sarebbe assorbita la tensione dialettica, ciò che invece permette sia il senso che il significato. Qui, e in questo modo, ne sarebbe perciò garantita l'impossibilità di entrambi.

Pur essendo la tensione dell'accoglimento vuoto-pieno ciò che permette il mantenimento della possibilità sia del senso che del significato, la sua dinamica interna è però resa possibile – non dall'essere solo l'evidenza di modi d'essere, – ma da quello di essere veramente qualche cosa. Questo gli è permesso dalla condizione di essere (nel) Tutto. E' proprio questa condizione che gli offre verità d'esistenza, e non la semplice descrizione del modo in cui si manifesta.

(Il) Tutto rimane perciò un concetto esterno al dualismo, ma proprio per ciò riesce a comprenderlo.

Appare perciò evidente che ciò che è metafisico non possiede alcunché di fisico. Pensiero, anima, concetto, sono però realtà, anche se non percepibili sensibilmente: sono realtà significanti! Quanto è fisico mantiene quindi una completezza di senso solo perché quest'ultimo è compreso nel significato che il *non essere* metafisico gli offre. Il senso della vita non è spiegabile con la vita, come neppure semplicemente con la morte. (Il) Tutto, accogliendo la vita e la morte, gli permette di entrare nell'opposizione, in modo tale che di questi ne sia possibile, in prima istanza l'esistenza, in seconda il motivo.

Fisico e metafisico nel loro complesso sono perciò Tutto. Questi è ciò che ci trascende, comprendendoci. (Nel) Tutto non vi è possibilità d'insignificanza. Esso è l'assurdità della completezza: l'astruso compito datoci dal desiderio di comprensione.

La persistenza nel paradosso, più che la correttezza delle conseguenze, è una scelta! Quella per non considerare solo e in modo assoluto sia la vita che la morte. Vita e morte sono ossimori: nervatura filosofica.

Per questo non conviene parlare solo di morte, se non si vuole essere velleitari, ma preferire semmai la derisione di quanto può essere ritenuto solo assurdo. Conviene piuttosto mantenersi nell'irriverenza di un sé sapiente, che soccombere al giogo di dover parlare solo di vita, o solo di morte. Un'irriverenza questa poco impiegabile, forse, ma comunque libera, libera anche d'imporsi il dovere di sopportare le accuse di futilità!

(Il) Tutto, come pregnanza significativa, è pertanto un compito. L'importanza del dualismo non va perciò ravvisata nella rivalità delle diverse istanze e negli esiti della loro competizione, ma nel significato della loro reciproca dipendenza. Questa è il movente della loro realizzazione, che non avviene semplicemente all'interno di una disputa, ma al di fuori, e per una comprensione, quella che riguarda l'unità (del) Tutto.

Il senso del dualismo non può quindi che passare per un terzo concetto, ossia quello d'unità. Il due è l'uno, l'uno è il due, il paradosso li comprende entrambi, e perciò li rende comprensibili, ma solo perché (il) Tutto non sottostà al dualismo, solo perché lo comprende; proprio perché in esso è compreso anche il niente.

I.38. Il problema nominale

Ma, considerando quanto detto, un altro quesito insorge: come è possibile definire l'indefinibile? o anche, come è possibile trovare un appellativo per ciò che è al di fuori dalla possibilità di una semplice definizione?

Nominare è sostanzialmente definire, stabilire dei limiti entro cui è possibile riconoscere una qualsiasi cosa, come differente da un'altra o da altro. Il principio di non contraddizione è la logica che sottintende la pratica nominale. La definizione è perciò l'elemento che costituisce la parzialità. L'essere ne *è* il suo paradigma, l'assoluto la sua possibilità realizzativa.

Quando però dobbiamo appellare ciò che sopravanza la formalità della definizione, allora non possiamo che trovarci in una situazione aporetica. A prima vista quindi non sembrerebbe che possano esistere le condizioni per designare qualche cosa prescindendo dalle categorie nominali.

(Il) Tutto cosa designa invece? L'insieme di tutte le parti? Ma ciò vuol dire allora che (il) Tutto è anch'esso una parte?

Il problema non sarebbe risolvibile neppure se prendessimo in considerazione l'essere attraverso il tentativo d'intenderlo, o come ciò che è presente, oppure al contrario, come non essere: ciò che è assente, in quanto esso si porrebbe, per essere qualche cosa o la sua negazione, sempre come differenza da un altro essere che come quello, in modo simile, ci è presente o assente.

Il problema nominale, come qui approcciato, non permette soluzione. La nominazione che afferma l'imparziale non può che rimanere nella parzialità.

Non si deve quindi pensare o ritenere possibile che le definizioni come forme possano racchiudere compiutamente i loro significati, ma piuttosto che queste siano quanto offre la possibilità della significazione, come appunto *rimando* al significato, più che al suo contenimento. Un rimando che sia appunto comprensione di senso, comprensione della 'strada' su cui si deve viaggiare, per stare nella significazione; questo è il senso di una nominazione che non può essere conclusiva, ossia contenutistica. Conviene perciò allontanarsi dai tentativi di adeguare l'informale al formale, attraverso considerazioni forzatamente improprie, o peggio ancora, veri e propri offuscamenti.

Perciò, allude a possibili consapevolezze, piuttosto che proporre esplicite adesioni a logiche di verità, la nominazione che si formula attraverso il rimando verso ciò che sta al di fuori della sua misura. Il nostro chiedere alle parole il loro senso, non è da ricercare nei contenuti ove solitamente stanziano, ma bensì dove loro ci chiedono di andare, non per raggiungere la meta, ma per collocarci in esse, nella significazione, nel *logos*.

Appunto per questo, affinché sia possibile emergere da una condizione stabilita a priori, non conviene pensare né che non sia possibile dire ciò che le parole non contengono, come neppure che consapevolezze nuove non possano essere espresse che con nuove parole, in forza della convinzione che il linguaggio, inteso come ciò che proviene dal passato, possa negare la possibilità di nominare ciò che invece viene dall'innanzi, dal futuro; come dire: ciò che esiste oggi, non è possibile che sia nominato con le parole di ieri.

La questione non va posta nella ricerca di nuovi vocaboli che esplichino nuove consapevolezze, in quanto l'aporia non risiede nelle possibilità nominative, ma nelle caratteristiche strutturali di queste, dato che il finito non può in nessun caso contenere l'infinito, questo è sostanzialmente il limite nominalistico, ravvisabile appunto nella finitezza delle parole medesime.

La questione non sarebbe comunque risolvibile neppure tramite la costituzione di una nuova logica, atta a permettere un linguaggio *non parziale*, proprio perché è la logica stessa a richiedere la parzialità della parola affinché possa corrispondere agli elementi che compongono l'esistente. Agli estremi neppure l'abolizione della logica potrebbe servire al nostro intento, dato che se ciò fosse possibile non saremmo più comunque nemmeno in grado di compiere un normalissimo e banale atto comunicativo, ma probabilmente anche oltre, ossia nemmeno in grado di possedere un rapporto opportuno con il mondo, in definitiva forse neppure la possibilità di vivere .

La logica corrisponde alla vita; quella non può essere disattesa se non si vuol disattendere la vita stessa (anche se non va dimenticato che ciò non elide per nulla il fatto che esistano diversi modi di vivere, e di conseguenza anche diverse logiche).

Di conseguenza, un approccio all'indefinito, non ci richiede un accanimento logico contenutistico fondato sul principio di non contraddizione, ma bensì una logica d'attrazione, che possa indurci verso la consapevolezza di quell'oltre che non possiamo concepire, approssimandoci a ciò che potremmo anche essere, senza però l'essere.

(Il) Tutto in quest'ordine d'idee non è perciò la composizione delle differenze, come nemmeno il contrario del nulla. Esso è ciò che ci fa sentire quello che siamo, più che saperlo. Non è la verità delle idee che confuta la falsità delle apparenze, come nemmeno il luogo di ben *definite* cosmologie. E' tutto quanto non sappiamo, proprio perché non lo possiamo sapere, forse nemmeno lo vogliamo. Pensiamo che quella di vivere sia l'unica nostra necessità, proprio perché l'oscurità c'incute molta paura. Ma noi sappiamo benissimo di non voler più essere solo dei determinati, sappiamo benissimo di non voler essere guidati solo dalle certezze e dalla bontà della natura. E' giunto il momento, pur rimanendo nella nostra luce, di rivolgere lo sguardo a quella paura, di affrontare il buio.

(Il) Tutto in quest'ottica è perciò anche un intento; quello di un concetto che deve porsi, – rimanendo nei limiti d'essere solo un nome, – lo scopo di andare verso ciò che non può stare in quei limiti, ma non semplicemente perché non abbiamo ancora avuto l'ingegno opportuno per raggiungerlo, ma perché rimane al di fuori delle nostre possibilità immaginative, e non solo perché non è un'immagine, ma perché non *è*, neppure.

In questo modo (il) Tutto ci può parlare d'altri mondi, pur non essendo un mondo, forse solo un modo di sentire, non tanto della sensibilità, ma della domanda che il senso desidera.

(Il) Tutto non può perciò che rispondere senza materia, ma è proprio nel suo ampio silenzio che diviene possibile presagire qualche cosa di vero, forse solo perché qualche cosa di poco ideale. E' di vitale importanza il fatto che l'esistente, più che starci bene, abbia, e non solo gli si possa attribuire, senso.

Parte seconda: Deduzione del mondo

Per l'anno nuovo.
Vivo ancora e penso ancora:
devo vivere ancora,
perché devo pensare ancora.
Sum, ergo cogito: cogito, ergo sum.

Friedrich Nietzsche

II.1. La scelta

Considerando che tramite il discorso fin ora svolto si sia potuto avere un sentore di ciò che comporta quell'indefinizione che primariamente sembra accoglierci, rimane comunque l'interrogativo del perché della definizione, ossia della vita.

Perciò qui non può che riproporsi la domanda iniziale, ma nonostante essa impieghi le stesse parole: "Perché vivo al posto di morire?" ora questa chiede però qualche cosa d'altro, qualcosa che può anche essere espresso nel seguente modo: "Perché non decidere una conclusione, dato che la si può scegliere, dato che non è possibile possedere un senso certo della propria vita, e dato che questo non sembra proprio esistere?

Chissà, forse proprio per questa assenza?

Del resto come sarebbe possibile decidere senza sapere su cosa lo si fa? Coscienziosamente, come si può rinunciare alla vita senza sapere cosa sia la morte. Purtroppo sapere cosa essa sia non è possibile che avvenga in vita, d'altra parte anche solo in vita è possibile sapere cosa quest'ultima sia, non certo da morti. Dunque, essendo in vita, converrebbe probabilmente cercare di capire cosa sia questo vivere, piuttosto che cercare di sapere quello che non ha nessuna possibilità di essere compreso, quell'ipotetico, 'come si sta' da morti. Sensatamente solo ciò ci permetterebbe di scegliere il *meglio* tra vita e morte.

Comprendere cosa sia la vita, allora, che possa essere questo il senso non-certo, ossia non ancora conosciuto, di essa?

E quale potrebbe essere il modo più adeguato per farlo?

Verrebbe spontaneo affermare: quello di stare nella consapevolezza della morte. Qui è evidente che il quesito irrisolvibile non potrebbe che ripresentarsi. Cosa sia la morte, anche se non vi è risposta, rimane ciò che mi attende. Questo quesito mi attrae in una singolare direzione, quella che non può che avvenire in vita, e tramite essa. La vita ha quindi il suo senso ultimo nella morte, la sua conoscenza avviene in questo movimento che è diretto ad essa. Comprendere la vita non può quindi che avere un buio sullo sfondo. Del resto però il fatto che qualche cosa sia inconoscibile, non pregiudica che io possa verso ciò protendermi, perché come oggi sono certo dell'inconoscibilità della morte, sono anche altresì certo di non conoscerla, ma non del fatto che un giorno, quello della mia fine, la potrò conoscere, anzi, anche di quello credo di esserne certo.

Tutte queste certezze si trovano quindi ad essere come isole attorniate dalla vastità di tante altre incertezze, proprio perché il senso della vita non è la vita, la sua consapevolezza non coincide con se stessa; *logos* e *bios* sono assimilabili solo quando più nulla è possibile, ma allora avremmo scelto la morte.

Altresì, se invece si vuol continuare a vivere, si deve scegliere anche la condizione dello *humour*, proprio perché ogni uomo non può che sorridere di fronte al fatto che alla domanda più banale che egli possa porsi: "Perché vive?" non vi sia risposta. Egli non può che sentirsi raggirato, buffo, non può che vivere una vita – appunto – ridicola.

Ma seppur questa sia la sua condizione, ciò è anche la sua libertà, dato che qui nulla può essere stabilito come l'unica cosa veramente importante. E' quindi solo in questo modo che si può realizzare un destino, e non solo che esso avvenga.

La morte, che rimane sullo sfondo, è quindi il permanere della più grande libertà possibile, dato che *comunque*: si può sempre morire! Perché se la vita dovesse perdere le sue possibilità realizzative, allora forse potrebbe divenire sensato anche cercare di farsi comprendere da quel senso sconosciuto che sta ad attenderci, giù, in fondo, dove c'è la nostra fine.

II.2. Necessità

L'uomo pertanto non abbisogna di compimento.

L'uomo è da sempre compiuto.

(Il) Tutto lo comprende ma lui non è una sua parte.

L'uomo è il luogo ove assieme all'esistente (il) Tutto si realizza.

La necessità dell'uomo è essere compimento per realizzare il finito delle infinite reali possibilità (del) Tutto.

L'uomo è necessità (del) Tutto, è la necessità di essere l'*evidenza* della realtà.

L'uomo è la dimostrazione (del) Tutto.

Il problema dell'uomo, ma anche di tutto quanto esiste, è la sua venuta alla luce, in ciò sta l'importanza della realtà.

L'uomo come esistente è chiamato in prima persona.

Egli nel suo ambito particolare può portare alla luce le possibilità reali, quindi realizzarle.

La sua tensione, il suo stato mortale, sono questa chiamata.

Chiamata che ingiunge lo star svegli, che ingiunge di vivere nella pienezza delle possibilità. Non tradire queste, è fondamentale, è sostanzialmente il compito del destino. Esso avviene solo rimanendo mortali; nella paura della morte; a cospetto del possibile; nella necessità della realizzazione.

(Il) Tutto, per essere tale, non può quindi essere solo possibilità reale, ma deve essere anche realtà realizzata. Questo è il compito dell'esistente: realizzare le possibilità (del) Tutto, rendere (il) Tutto effettivamente Tutto.

Non è perciò possibile morire, dato che la morte non è una possibilità, ma bensì lo *stato* stesso della possibilità.

E' pertanto solo nei confronti della vita, che si può venire meno.

II.3. Dio e Tutto

Dio invece è Tutto.

Dio non è diverso sostanzialmente dalla sua immagine: dal Pantacreatore raffigurato all'interno delle absidi di alcune chiese, ad esempio, oppure anche solo un nome. Essendo Dio la sua rappresentazione, non distaccandosi da essa, si offre esclusivamente per il pensiero. E' l'interporsi tra noi e (il) Tutto .

L'impensabilità (del) Tutto necessita di una mediazione dell'essere, ossia di un essere che lo renda pensabile. Dio è questo tramite per il pensiero, è ciò che permette (al) Tutto di avere una voce, ma anche all'uomo stesso di averne una: di poter pregare.

Dio è per questo immagine, ma nulla che sia immagine, è nome, ma nulla che sia nominabile.

Dio è pertanto il Dio realizzato dalla storia, ma non l'unico possibile.

L'idea di Dio nasce per uno scopo, da ciò la sua sostanzialità. E' per questo che Dio esiste e non esiste, che rientra nella possibilità della contraddizione. Egli difatti non esiste, proprio perché è un'idea, ma anche esiste, in quanto termine concettuale di quella, vale a dire, il suo significato.

Ma se Dio ha una sostanza per poter essere, (il) Tutto no!

Esso è sapere e ignoranza.

E' vita e morte.

Sa ogni cosa per ignorarla, ignora ogni cosa per saperla.

E' *per*; è quel *per*; che *sta tra*, che pone *nel*.

E' quindi questo sapere e questa ignoranza.

E' quindi questa vita e questa morte.

Dato che conosce questo per ignorare quello, dato che ignora questo per conoscere quello, e vive questa vita per morire a quella morte, e muore a quella morte per vivere in questa vita.

(Il) Tutto è quindi tutto questo, ma anche tutto quello, ma neppure tutto ciò.

II.4. Res

E realizzare le possibilità del reale: cosa vuol dire?

Proviamo con delle 'figure'. Ogni realizzazione comporta un atto, ad esempio il disegnatore quando appone la sua grafia su un foglio, oppure quando una slavina rovina a valle, un fiore che sboccia... Le possibilità del disegnatore sono però già presenti prima che lui disegni, così avviene anche per gli altri esempi. Per il disegnatore queste possibilità sono schematicamente lui stesso, il foglio di carta, la matita; per la slavina la neve, la montagna, la valle; per il fiore essere un bocciolo di una determinata pianta, in un determinato terreno... E' chiaro che questo discorso è semplicemente esemplificativo, esso vuole solo dimostrare che ogni azione, ogni atto posto nel divenire, deve avere una base materiale, concreta, per essere tale, e che questa è in fondo la giustificazione della realtà. Ma attenzione, la realtà non è mai pura, non è mai 'nuda', non è mai *così*, come crediamo essa sia. La materia, dato che vive sempre assieme anche all'idea che la fa apparire, in fondo è solo *il* reale, ossia un qualche cosa che può solo essere ipotizzato (proprio perché non esiste realmente) attraverso la riduzione del nostro sentire complessivo, attraverso la riduzione del nostro senso di realtà. Il reale è la *cosa in sé*, essa è inconoscibile – non perché cosa – ma proprio perché *in sé*, ovvero al di fuori della possibilità di una relazione, al di fuori della possibilità di partecipare alla nostra sensibilità. Con questa esclusione, la cosa in sé non può però che essere tautologica, come dire: ciò che non si conosce non lo si conosce. Principale è invece il fatto che *quel* qualche cosa è, innanzitutto e comunque, *qualche cosa*, altresì i sensi non avrebbero motivo di sentire, e la sua esistenza non potrebbe esserci. Pertanto *la cosa* sarà sempre conoscibile lì, assieme a noi, e mai nella sua solitudine, nel suo *se stesso*, dato che proprio nell'escluderci noi non possiamo che toglierle la possibilità di entrare nell'esistente.

La realtà si offre perciò sempre con dei tratti, senza i quali verrebbe meno l'effettiva possibilità di un'esperienza. Essa si presenta sempre in *un modo*, il quale è sempre anche un qualche cosa di compiuto. La realtà di per se stessa non è mai assurda, perché appartiene sempre ad un processo individualizzabile – dato che coincide con il nostro – il quale ci permette un'indagine causale che altrimenti non sarebbe esercitabile.

La realtà, ponendosi quindi in un modo, oltre ad essere compiuta nelle sue prerogative, è anche possibilità di realtà. Essa perciò non è mai definita, si presenta sì, in una conclusione, ma questa è sempre anche solo momentanea, ossia mai realizzata. E' quindi nell'attimo, che la realtà appare; ma essendo appunto questo solo un momento, esso non è mai l'attimo conclusivo. Esso è sempre e solo lo stato della realizzazione del tempo, e mai la sua definizione conclusiva, ossia la sua fine.

La realtà chiama quindi in causa chi vive, e ad essa è impossibile sottrarsi. Questa impossibilità di sottrazione implica l'esistenza di uno stato in cui tutto esiste, questo è *lo stato sostanziale della materia*, ossia lo stato di tutto quanto non può fuoriuscire dall'essere qualche cosa.

La realtà si stabilisce quindi come rapporto. La terra non è una realtà, ma una cosa che viene accolta come un dato di fatto. Invece *la durezza della terra*, per il contadino, è una realtà, proprio perché è l'esito di una relazione tra contadino (uomo), e cosa (terra). Nella realtà non manca mai quindi, né l'elemento reale, come neppure il pensiero che lo accoglie. Quest'ultimo, il pensiero, entrando in rapporto con le cose, con la loro presenza, non può che trasformarle, ed è così che il reale acquisisce l'unico aspetto che può avere: quello della realtà.

La sostanza, essendo lo stato che fa esistere, porta (il) Tutto nella luce della possibilità; ed è poi solo in questo 'chiarore' che può avvenire la realizzazione. Tutto però nello stato dell'esistenza non è solo sostanza, ma come si è visto anche materia, proprio perché è solo tramite quest'ultimo concetto che qualche cosa può – non solo esistere, – ma anche realizzarsi.

Con la sostanza nasce quindi anche l'inesistente, dato che è solo sulla base di ciò che esiste che è possibile affermare anche ciò che non lo è, infatti è solo dalla dimensione della concretezza che è possibile affermare anche la possibilità di questa. La sostanza è punto di partenza, non di arrivo, è rimando ad altro, o se vogliamo, premessa di altro; questo altro sono le possibilità della materia.

La realtà non è perciò l'esistenza di per se stessa, – altresì sarebbe solo sostanza, – ma bensì l'inizio di un compito, ossia un'entità concettuale i cui sviluppi includono un coinvolgimento teso ad attuare le possibilità delle cose.

La sostanza esistente, generando anche l'inesistente, produce quindi il proprio spirituale. Questi è appunto la materia, ossia le possibilità immanenti della sostanza stessa, dell'esistente, (del) Tutto. In effetti solo la materia può essere messa in opera, e non la sostanza.

Pertanto la realtà non è solo un dato di fatto, ma anche il terreno di un atto, perché se si considera il reale solo come sostanza, trascurando le sue possibilità materiali, la realtà non potrebbe che rimanere il luogo dove si producono le tautologie.

Scienza e arte hanno perciò grosse responsabilità in questa dinamica, la prima perché analizza le possibilità delle cose sulla base della loro ripetizione, sulla prevedibilità del loro dato di fatto, la seconda invece sulla base dell'incontro esclusivo con il senso umano. Entrambe perciò, e in modi diversi, conoscono le cose, conoscono la realtà, divenendo quindi presupposti imprescindibili anche a come essa stessa viene a realizzarsi.

L'uomo, quindi, esistendo è anch'egli materia, appartiene a quella dinamica verso la quale è impossibile sottrarsi. Il suo è il compito della materia: la realizzazione delle possibilità; dovere posto nel divenire, come nell'incognita.

Egli essendo materia non è diverso (dal) Tutto, partecipa alle medesime condizione di questi. Va di per sé che anch'egli è quindi una conclusione, un qualcosa che nelle sue prerogative è definito in un'individualità. Tutto, per essere qualche cosa, non può che essere rimando *a tutto*, appunto. Questo tutto, di fatto, si rende visibile nelle individualità, le quali sono tali proprio perché distinte, ossia *non la stessa cosa*.

La base individuale (del) Tutto si fonda sostanzialmente nella differenziazione, questa a sua volta, per poter essere attuata, nella diversità materiale, ossia nel fatto che ogni materia non può in nessun caso *essere l'altra*, anche se uguale nelle sue caratteristiche. Qui sta l'evidenza del fatto che ogni cosa non può che essere unica, e che proprio per questo (il) Tutto può esistere.

L'unicità non è perciò accessoria (al) Tutto, ma bensì il suo fondamento esistenziale, ciò che gli permette di porsi come realtà effettiva.

II.5. Realizzazione

Pertanto: come è realizzabile (il) Tutto?

Ma anche: come è possibile identificare qualche cosa nell'indefinito?

Verosimilmente (del) Tutto non si può nemmeno parlarne, figuriamoci poter affermare che (il) Tutto si realizzi o che sia qualche cosa. (Il) Tutto è il riferimento di ciò che non appartiene alla nostra comprensione, ma che comunque ci comprende.

(Il) Tutto è l'onnicomprensivo che ci ha con sé; è la dimensione significante, è la parola che ci avvia nel senso di un significato, per il quale noi possiamo sentire di essere materia unica, cioè indispensabili (al) Tutto, ma – anche – insostituibili a noi stessi. (Il) Tutto, come infinito, non avrebbe nessuna possibilità di essere considerato se non attraverso le sue 'infinite' fini. L'uomo, nella sua mortalità, è una di queste fini, una che dà realtà all'infinito, proprio perché ne interiorizza le possibilità immanenti. L'uomo è il crocevia tra il particolare e l'universale, tra finito e infinito. In questa posizione egli può offrire, al finito che è in lui, le possibilità dell'infinito che stanno (nel) Tutto, di converso quest'ultimo può altresì trovare una realizzazione: il proprio fine.

E' tramite le sue finitezze che (il) Tutto si realizza, e non in se stesso, o meglio, proprio in *tutto* se stesso. Questa è la sua fisionomia, ciò che ci permette di pensarlo, ma è anche attraverso la consapevolezza che questa è solo la possibilità di pensarlo, e che (il) Tutto non è appunto questo pensiero, che noi possiamo essere veramente compresi (dal) Tutto, proprio perché non potremmo mai essere compresi solo da un pensiero.

La condizione di crocevia è una condizione ambigua, perché stabilisce che il nostro pensare (il) Tutto possiede le sue logiche, ma che queste logiche non sono le Sue logiche, proprio perché Esso è illogico. Da qui la difficoltà di comprendere come la nostra esistenza logica sia in rapporto con un'esistenza illogica, e perché all'illogico serva ciò che è logico. Ma quest'ambiguità non ne inficia l'importanza, anzi, è quanto accrece la necessità di comprensione, sulla cui base ogni finito si trova *attratto* da ciò che *non è*. Da qui nasce anche la necessità di relazione, ossia l'unico modo per generare una *realizzazione*.

Si pensi ad esempio ai paradossi di Zenone, in particolare a quello della freccia, la quale nonostante sia stata scoccata, mai si muove. Essa in questo caso è un semplice assoluto finito e immobile, proprio perché non è in grado di relazionarsi con un altro finito, anch'esso appunto immobile, che è il suo circostante spazio fisico. Isolata nel suo essere sostanziale, la freccia non è altro che un reale, ovvero non una realtà che si sta realizzando, dato che essa non sa porsi in relazione con quell'altro finito che è appunto il suo spazio fisico.

E' invece tramite la disponibilità agli sconvolgimenti della relazione che un finito può trovare il proprio moto, e non certamente in se stesso. E' l'indefinizione del finito – non la sua definizione – ad attuare le relazioni, ad attuare la loro ambiguità, il loro evidenziarsi in modo sfuggevole. L'ambiguità delle relazioni è quindi anche l'evidenza delle logiche irragionevoli della natura, quelle logiche che non isolano un finito nell'insensatezza, proprio perché non gli permettono di riprodursi idealmente all'infinito. Qui un finito non è solo *un essere*, ma qualche cosa che sa anche disporsi con altri esseri, e grazie a questa disponibilità, esso acquisisce *un* movimento. (Il) Tutto permette ad ogni finito *un muoversi*, proprio perché ogni finito stesso sa offrirgliene.

Pertanto l'uomo che accetta lo sconvolgimento delle relazioni, vive in una condizione di solitudine, in cui il suo essere finito non può che strabordare nell'infinito, cioè vivere nella consapevolezza che ciò che lui desidera non potrà mai affermarsi. La sua vita, nell'impossibilità della fine tautologica, potrà però essere molto lunga, proprio perché divenuta capace di accogliere le differenze del molteplice. Attenzione però: questo in forza di quanto sarà stato in grado di riconoscervi anche ciò che è diverso!

In queste circostanze l'uomo sa ricevere senso nella misura in cui lo sa dare. Dare senso è perciò di estrema importanza, se, appunto, se ne vuole avere. Ma a questo dare non è estraneo il termine ultimo: dove esso si pone. Ciò implica delle condizioni che costituiscono il sistema della realtà. Quest'ultimo assolve perciò la funzione di comporre i finiti all'interno di una configurazione che permetta alla realtà di essere qualche cosa, innanzi tutto, ma anche, tramite le sue relazione interne, di essere realizzabile.

L'uomo, finito nella completezza dei finiti, è come tale: cosa tra le cose. Egli si emancipa attraverso questa consapevolezza, perché quando può comprendere ciò, lui non è già più ciò, dato che è divenuto anche in grado di *fare*, oltre che di essere, qualche cosa.

In questo fare si afferma quindi anche il suo *modo*. Esso è quanto sa disporre le composizione dei rapporti, ossia porre anche sempre in atto una diversa configurazione dei finiti, ridefinendo quindi costantemente anche lo stato stesso della realtà.

Ma tutto ciò non ha senso per se stesso, lo ha solo se può avvenire (nel) Tutto.

II.6. Compimento

Al quesito esistenzialista: "Perché qualche cosa piuttosto che niente?" io sostituirei: "Perché (il) Tutto e non (il) Niente?"

Di fatto il niente, nell'esistenza del suo concetto, non può sussistere se non (nel) Tutto. Solo (nel) Tutto il niente può essere, perché solo attraverso questa comprensione, esso può esistere. (Il) Tutto, proprio per essere ciò, non può lasciar nulla al niente, neppure il niente stesso! Tutto gli è, per essere appunto ogni cosa, indispensabile.

(Il) Tutto non può perciò che essere compiuto. Il compimento è la sua essenza. La realizzazione è invece il modo in cui esso persiste nel compimento. Questo è anche il movimento in cui (il) Tutto mostra il proprio senso, e dove il parziale esercita il proprio compito. La realtà è quindi indispensabile affinché (il) Tutto non sia compiuto solo nell'infinitezza delle sue possibilità, ma anche nella finitezza delle sue realizzazioni.

L'infinito non può quindi sussistere che di finito (d'infiniti finiti), per poter essere la possibilità stessa di ciò che è concluso. I movimenti finiti danno un volto all'infinito, mentre il movimento infinito esercita la perseveranza (del) Tutto, la sua indefessa compiutezza sostanziale, la sua eternità complessiva.

(Il) Tutto, per non svanire, non può fare a meno del suo volto; non può tralasciare assolutamente nulla, nemmeno la realtà. Essa non è quindi un accidente, ma un indispensabile, proprio perché (nel) Tutto, nulla è superfluo.

La realtà è sempre compiuta, (il) Tutto gli garantisce questa stabilità, ma è sempre anche in compimento, (il) Tutto gli garantisce anche questa instabilità. Ciò è dato dalle parti, che sono la sua concretezza, perché sanno interagire. Esse fanno questo, dando realtà a se medesime, quindi (al) Tutto.

Io sono uomo?

No! io sono nato per essere uomo.

(Il) Tutto è nato per essere Tutto?

No!(il) Tutto è da sempre Tutto.

II.7. Dispiegamenti

Tutto si mostra in un respiro. L'inspirazione di una muta impressione, l'espirazione di una voce sonora.

Tutto inspira la conclusione ed espira la realizzazione. L'assoluto, nel movimento oscillante (del) Tutto, tende a dilatarsi e a restringersi. Esso si espande durante l'immissione d'aria; qui l'assoluto tende a definire (il) Tutto, tende a concluderlo. Ciò fa in modo che tutto sia Tutto. L'uno lo abbraccia, e gli offre, tramite il suo essere, *l'apparizione.*

Quando invece l'assoluto si restringe, l'essere fa nascere l'esistente, il quale non è solo un dato di fatto attinto dall'evidenza della conclusione che permea compiutamente ogni cosa, ma anche qualche cosa che è in atto, ed è *verso.*

L'essere, portando alla luce l'esistente, fa sì che un mondo vibri, che non sia muto ed invisibile, e che fuoriesca dalla mera e cupa esistenza di per sé. Che tutto sia compreso attraverso (il) Tutto, implica che anche il suo contrario gli appartenga, quindi anche ciò che *non-è-ancora.* Questo produce l'aporia sostanziale, proprio per il fatto che Tutto è compiuto ma non ancora compiutamente realizzato. Di fatto ciò si traduce nella questione della realtà come compito, che è quello di sottrarre terreno alla necessità del compiuto, pur rimanendo in essa.

Ciò implica l'atto del compimento, il quale chiede però di non essere frainteso in una risoluzione. Il superamento dell'aporia non sta nella possibilità d'opzione, ma nel suo mantenimento, rimanendo nel respiro (del) Tutto, tra unità e molteplice, tra la conclusione metafisica e la parzialità dell'esistente. In questo posto ove l'inspirazione inizia ad essere espirazione e viceversa, l'aporia è vista, e proprio qui il suo mostrarsi diviene anche la possibilità della sua comprensione.

Il suo superamento sta perciò nel suo mantenimento, altresì il compiuto renderebbe muta la realizzazione, e questa non avrebbe nessuna possibilità di attuarsi, proprio perché le verrebbe meno quel silenzio che la rende possibile.

Quando avviene una scelta esclusiva, l'aporia muore, ma assieme ad essa muoiono anche le sue possibilità. Così la vita non può che mantenersi nell'aporia di essere anche morte, per essere tale. Così (il) Tutto, per poter offrire la possibilità della realizzazione, non può che mantenersi nella sua conclusione, ovvero essere veramente Tutto se stesso.

Dio perciò è conclusione: Dio non è niente altro fuorché se stesso. Dio è Dio. Ma proprio anche perché non è altro che se stesso, Dio non sa vedersi, quindi non sa di essere ciò che è. Solo realizzando tutte le sue possibilità, potrà sapere di esserlo. Solo a quel punto potrà compiere azioni divine, e proprio solo allora l'uomo saprà di non essere solo se stesso, ma bensì Tutto.

Dio non sa di essere Dio; è per questo che è uomo; è per questo che Dio è in noi.

La divinità? una preoccupazione che ci fa ben sperare.

II.8. Dove giunge la verità

La verità si rende quindi possibile perché – appunto – non assoluta. L'assoluto, permettendo il concetto della verità, non è per se stesso verità. Una verità umana è la verità, non per questo soggettiva, proprio per ciò *non* verità.

Tra compiuto e compimento è la verità.

La verità abita perciò in un luogo, non è astratta; essa raccoglie l'istanza del compimento, la sua pressione risolutiva, attraverso la disposizione a porsi nella chiarezza dell'evidenza, attraverso il suo *farsi* verità.

La verità è perciò *uno*, come concetto compiuto, ma anche *Tutto*, come evidenza, ossia come nulla di celato.

L'*uno* la dispone nella tendenza dell'uguaglianza, del risolvere, del concludere, conforme al proprio concetto.

(Il) Tutto in quella della differenza, che invece lascia spazio a *tutt'altro*.

Il mondo, nella sua esigenza di determinarsi, produce costantemente uguaglianze, esse sono la parte rassicurante della verità. Che l'*uno* sia medesimo a se stesso in qualsiasi luogo si trovi, è garanzia di verità. Riconoscere l'identità di qualche cosa è ritenuto ciò che è vero: "sì," si dice, "è proprio così"; mentre il non riconoscere altresì come falso: "no, non è proprio quello!"

L'uguaglianza ha portata metafisica. E' un nuovo anomalo, proprio perché si dimostra come una ripetizione, che c'ingiunge. Essa trae il proprio motivo dalla conclusione. L'uguaglianza trasforma il nostro modo di vita, essa si diffonde in tutte le nostre realizzazioni. Essa è la certezza, e come tale non è respingibile, anche se può essere sentita come un'imposizione che non ci appartiene, come istanza che ci omologa ed estrania.

L'uguaglianza di fatto lo è, ma ciò non è un male, anche se può essere sentita come tale. Che essa abbia questa caratteristica può spingerci a tentarne l'emarginazione, ma ciò ci porrebbe però anche al di fuori della condizione essenziale (del) Tutto: il suo essere un compimento.

L'uguaglianza compie, riducendo le differenze, come si è detto, al medesimo. Che in diversi luoghi della terra possa essere in uso il medesimo orario, la medesima moneta, la medesima trasmissione radiofonica o televisiva, la medesima lingua, i medesimi alimenti o prodotti... è un fatto metafisico che s'impone, a prescindere o meno dal nostro desiderio, proprio perché le sue radici sono nelle determinazioni essenziali.

Ma attenzione! perché attraverso l'uguaglianza, attraverso la sua certezza, si può essere tentati di risolvere in essa qualsiasi differenza, ossia accontentarci delle verità rassicuranti che man mano costruiamo, che possono essere indubbiamente funzionali, ma ormai concluse, e non più tese verso l'atto stesso del concludersi.

Attenti dobbiamo anche esserlo quando per contrastare l'uguaglianza ed esercitare la *nostra* differenza, noi diveniamo arbitri di ciò che è uguale e\o differente. In questo caso si esercitano però solo punti di vista, che tralasciano la sostanzialità delle cose, dando vita alla cosiddetta verità soggettiva, che proprio per ciò verità non è.

Di fatto il concetto di verità è piuttosto sfuggevole, proprio perché legato all'essere. Ci vuole molta cautela ad affermare la verità delle cose, tant'è che a volte conviene persino dire che la verità non esiste, piuttosto che affermare un'apparente verità. Del resto l'ambiguità della verità risiede nelle sue condizioni, le quali riguardano la sostanziale identità tra uguaglianza e differenza, ossia il fatto che ciò che è medesimo è tale proprio perché sostanzialmente differenziato, ossia un *altro* essere. Ciò è l'ovvia conseguenza dell'illogicità essenziale, cioè che (il) Tutto sia compiuto e in compimento. In fondo è per questo che la verità non può che essere umana, piuttosto che logica, e affermarsi nel senso dell'uomo. Questo, appunto, non può che essere relativo al fatto che ogni cosa è in accadimento. E' ciò che fa da sfondo alla definizione della verità, proprio come avviene per le premesse di un sillogismo, le quali come è risaputo si pongono come le condizioni per cui qualche cosa d'altro potrà trovare la propria definizione. In questo senso la verità è sempre relativa, relativa non a *chi* la giudica, ma a *dove* e a *come* essa si compie, perché essa essenzialmente si *pone* nel compiuto, e si *attua* nel compimento.

La verità, essendo quindi prettamente umana, deve confrontarsi perciò anche con il desiderio che ogni uomo ha di perpetuarsi, perché certamente ogni uomo tende anche a voler *riprodurre* se stesso. La realtà, come luogo dove la *sua* verità può affermarsi, appare però sempre anche come un'altra volontà, la quale lo ostacola nel suo tentativo di riprodursi come medesimo. Questa fondamentale divergenza di volontà, è tuttavia anche ciò che è indispensabile all'affermazione dell'unicità. Essa è quindi anche il carattere tragico dell'esistente, la sua grevità. Condurre la vita nella difficoltà della verità, è però il 'peso' che ci compete; quel peso conferitoci dall'essere *compiuti* nell'uguaglianza, come pure nel *compimento* estraniante della diversità.

II.9. Verità e indifferenza ontologica

L'essere è perciò ambiguo, la sua naturalità è relativa; ciò nasce dall'indefinizione della sua sostanza. Questa indeterminatezza è la *possibilità* dell'essere, che altresì sarebbe solo ciò che mai muta. Che l'essere abbia queste caratteristiche, è anche ciò che fa in modo che la verità sia in grado di non essere solo banale, ma si possa bensì dire anche per le possibilità di ogni cosa. Ciò non equivale ad affermare che esistono più verità che l'essere sa esprimere, ma solo che il medesimo concetto sa avvicendarsi in luoghi diversi. Una verità banale è un'evidenza, questa è sostanzialmente inconfutabile, dato che è ciò che si percepisce nella sua immediatezza. Che il tal libro sia ad esempio collocato nella tal libreria, è chiaro e certo, perché chiunque lo può constatare sensibilmente. Questa è una verità semplice. Altresì: in quali e quanti modi quello stesso libro è stato posto nella medesima libreria? ma anche, in quali e quanti modi esso potrà porsi in essa? non appartiene più ad una verità evidente, anche se non per questo meno vera. Questo secondo luogo della verità richiede però un'osservazione diversa dell'esistente, un atteggiamento attento – non solo a ciò che si dimostra limpidamente – ma anche alle sue possibilità. Con questo non si vuole negare un tipo di verità per l'altra, ma bensì sostenere la loro diversità, così come pure la loro stessa interdipendenza, perché di fatto ciò che è possibile non può in nessun caso prescindere dal suo stato di evidenza.

Così proprio come la vita, la quale, nelle sue peculiari possibilità, non può prescindere dal suo requisito indispensabile: *essere in vita*, perché è proprio in quel modo d'essere che si prefigurano anche le sue possibilità, e non nelle possibilità medesime. E' per questo che ogni verità possibile non può trascurare lo stato dell'evidenza, dato che è solo su questa base che si possono sviluppare le sue prerogative.

Pertanto, per tentare di comprendere la sintassi del reale, si dovrebbe cercare di porre in evidenza la struttura dialogica di assoluto e relativo, ossia la loro reciprocità complementare, piuttosto che la loro semplice opposizione dialettica, perché assoluto e relativo non sono due momenti ontologici diversi, non sono due stati d'essere opposti. Del resto noi non potremmo mai sostenere che qualche cosa sia legato o in dipendenza di qualcos'altro se non avessimo pensato già quel qualche cosa come assoluto, dato che per poter stabilire se quella cosa è legata o dipendente da altro, abbiamo dovuto primariamente differenziarla. Ogni cognizione di relativo non può quindi prescindere da una di assoluto. Pertanto per sviluppare quegli atteggiamenti di conoscenza rivolti verso tutto ciò che per propria inclinazione non può che avvenire, ossia porsi nella relatività degli eventi, si deve operare una destrutturazione delle relazioni in cognizioni corpuscolari assolute, in modo da poterle condurre verso la loro base originaria di essere semplici differenze, ossia pure entità comprensibili. Difatti solo queste cognizioni assolute possono essere vere, dato che hanno la caratteristica di poter essere presentate come poste stabilmente nei luoghi della predicazione, ossia all'interno della possibilità di contraddizione.

Da qui la verità può essere anche confutata. Essa del resto non può venire confutata da ciò che è falso, ma bensì solo da ciò che possiede le sue medesime caratteristiche: ossia da un'altra verità. Per questi motivi il relativo è fonte dell'instabilità del vero, perché essendo la verità generata dall'assoluto, essa ne è anche di quest'ultimo vittima. In questo senso il rapporto tra assoluto e relativo è conflittuale. L'assoluto è come un Saturno che, per non essere scalzato dal proprio dominio, diviene divoratore dei propri figli. In modo simile anche il relativo come 'figlio' dell'assoluto si trova sempre a minacciare la stabilità originaria del vero. Questa minaccia potrebbe sembrare come quella del falso che vuol sopraggiungere, ma invece è solo quella di un altro vero, che anch'esso vuole affermarsi.

II.10. Attrazione e realizzazione

Un dado è già compiuto nella sue sei facce, queste hanno già in sé le possibilità del dado, ma un dado così non è ancora un dado, esso lo diventa quando viene lanciato. Un dado, per essere se stesso, non può che desiderare ciò che non è, ossia le sue situazioni, la sua vita. Così anche (il) Tutto, mostrandosi in movimento, mostra anch'esso di volere se stesso, desiderando appunto quello che non è. Entrare nella realtà è perciò quello che (il) Tutto chiede. Questa richiesta è un'aspirazione che si muove incessantemente in ogni cosa. Essa coincide con l'idea – quella che bisogna riconoscersi – perché senza non vi può essere fine. L'idea va cercata, guardata, coltivata, e non va lasciata sfuggire. Su di essa siamo improntati.

Ma *quale* idea?

Un'idea per tutti non è un'idea, ma bensì un universale, un ideale per chiunque. (Il) Tutto che aspira alla realtà è invece (un) Tutto che vuole le sue parti, e non solo la sua universalità. Ogni uomo ha la sua aspirazione, è quella che va scorta, non quella di *tutto*. Ma attenzione! l'idea che importa non è mai fugace, essa si riaffaccia costantemente in noi, è quella che, forse anche per la sua mancanza di buon senso, non si ha il coraggio di guardare. Nonostante ciò però essa invece continua a mostrarsi, magari anche solo come immagine, sogno, intuizione, o strano presentimento, ma mai certamente come *calcolo*, dato che quest'ultimo è solo ciò che ci serve.

Nel trascorrere l'esistenza in noi viene a stabilirsi un patrimonio immaginario fatto d'ideali, desideri, speranze… il quale, se accolto come qualche cosa d'importante per noi, tende a produrre una certa coerenza nel nostro destino. Questa coerenza è ciò che nello stabilizzarsi può attuare anche degli sconvolgimenti nella nostra vita, ossia creare l'urgenza di fare quanto non conviene fare, oppure di non dar corso a quanto sensatamente invece *si* dovrebbe.

L'idea nella quale si ritrova quest'immaginario, non chiede perciò soddisfazione, ma di essere vissuta, di stare con noi, perché è solo assieme ad essa che possiamo trovare l'irripetibilità: quella per cui siamo assolutamente indispensabili!

L'irripetibilità è ciò che si colloca nella individualità della nostra percezione, non in quella comune, e sulla cui base il reale può mantenersi, attraverso le sue singolari realizzazioni, nella particolarità.

(Il) Tutto chiede il proprio compimento, questo è un impegno, non avviene con spontaneità, altresì Esso si pascerebbe nella sua conclusione.

La nostra idea è quindi il concetto di ciò che è importante, è l'ambito in cui accade un'attrazione verso la quale ci si dedica e allo stesso tempo ci si ritrova orientati. Essere accorti verso la propria idea equivale a collocare il sentire all'interno della sua possibilità di stabilirsi come sentimento, ossia un qualche cosa che venga ad esprimersi attraverso l'essere un fatto per tutti, un fatto culturale, un fatto del mondo.

E' nel sentire, che il mondo nasce. E' questo sentire, che il mondo chiede. Ma la realtà, per essere il luogo ove questo sentire avviene, non può essere una sola, altrimenti il sentire sarebbe sempre lo stesso, ovvero nulla di sensibile. La realtà necessita del molteplice per dispiegare tutte le sue possibilità, queste sono appunto: *ciò che si vive*. E' per questo che essa non richiede per se stessa semplici punti di vista, ma dei *sentire* effettivi e propri, perché solo dei sentire così possono essere veramente unici, dato che non è certo unico un qualsiasi *punto* (di vista) che si possa più o meno scegliere e stabilire, sulla base anche di quanto è sempre stato di certo scelto e stabilito. Solo un sentire – quindi – può essere unico, e solo esso può avere anche un qualche cosa di nuovo da dire.

Solo ciò che è unico ha perciò la *sua* voce, e solo questa può e-sprimere l'anima. Essa in questo stato può trasmigrare e produr-si come realtà Nostra.

In questo modo perciò il particolare si universalizza, senza pe-rò dimenticare la sua origine, e la Nostra realtà diviene perciò i suoi "mille volti".

Difatti è la nostra idea che può realizzare la nostra anima, ed è la nostra anima che può realizzare lo spirito del mondo.

II.11. La storia

Il mondo, invece, trova nella storia la testimonianza della realizzazione del possibile. La storia a sua volta si mostra nella storiografia, da intendere qui come prolungamento tecnico della memoria, come repertorio di realizzazioni.

Perché la realizzazione è avvenuta, la realizzazione è possibile.

La storia perciò non c'è, c'è bensì solo ciò che aiuta il ricordo: la memoria, o quando questa manca, la storiografia. Essa è quindi solo un'idea che può comporsi di vari ricordi, o di vari elementi storiografici.

L'utopia è l'azzeramento delle possibilità della storia, è come dire: ciò non è possibile perché non è mai avvenuto.

La storia come repertorio d'immagini permette una scelta, permette di costituire un rapporto, un ordine tra queste immagini. L'ordine viene dato dalle esigenze del presente di avere un senso, un indirizzo. La concatenazione causale che generalmente hanno le varie teorie storiche, compongono la storia, mostrano un percorso della storia comprensibile, sensato, affinché il presente, che nella storia si presenta attraverso il suo *essere stato*, abbia il proprio senso originario, il suo motivo d'essere.

La storia come causalità richiede per aver senso un effetto, ossia il suo, o nostro, presente.

Essa reinterpreta ad usufrutto della ragione ciò che di per se stesso sarebbe incomprensibile, cioè che (il) Tutto per essere tale necessita della realizzazione.

L'effetto della storia, come presente, è quanto risulta dal passato come causa. Il passato è perciò qui nient'altro che la condizione necessaria mostratasi attraverso l'interpretazione di quanto è possibile ricordare.

La storia è esperienza, l'esperienza accade solo nel presente, è per questo che ogni storia è interpretazione del *suo* presente.

La storia non serve perciò (al) Tutto, ma serve all'uomo.

La storia non ha senso per (il) Tutto, ma dà senso all'uomo, è il suo modo per interpretare e concludere (il) Tutto.

La storia non ha uno spirito.

Lo spirito della storia è solo l'esito di un'interpretazione uniforme del passato.

La storia è la modalità in cui l'uomo interpreta la realizzazione del possibile.

II.12. Fare

La realizzazione invece cosa comporta? Nel senso: ciò che produciamo, appartiene alla realizzazione?

La risposta: certo che vi appartiene, ma facciamo attenzione, ed osserviamo alcune condizioni. Nell'azione rivolta verso qualche cosa generalmente possono distinguersi due modalità principali, esse non sono da intendersi come in antitesi, quindi nemmeno mai 'pure', ma possono bensì partecipare svariatamente alla medesima azione. La prima è quella del *mantenimento*, il quale non essendo appunto mai puro, contiene sempre in sé anche un aspetto migliorativo. E' evidente che qualsiasi forma di mantenimento, come quella a campione di un affresco o di un'altra opera d'arte, non può che avvenire tramite il miglioramento dello stato in cui riversa. La seconda è invece quella *creativa*. Anche in questo caso le distinzioni da farsi sarebbero innumerevoli, comunque riguardanti tutte quelle forme in cui un determinato prodotto coniuga in se stesso anche la modalità del mantenimento, come per esempio la continuità che si dà nello stile.

La prima di queste due modalità, quella del mantenimento, è anche quella che si avvale maggiormente degli apporti scientifici. Costruire nuove case, ad esempio, appartiene a questa, dato che ciò che si vuol mantenere, o anche eventualmente migliorare, è qui la condizione abitativa. La scienza, si diceva, contribuisce fortemente in questo ambito, dato che essa è l'analisi delle possibilità che si ripetono, le quali trovano una brillante applicazione quando qualche cosa va mantenuto. Questa caratteristica è riconducibile anche (al) Tutto, e alla sua necessità di essere *un concluso*.

Invece nell'altra modalità, quella creativa, il rapporto con qualche cosa, che essendo appunto un rapporto, non può in nessun caso avvenire con se stesso, ma bensì con quanto concretamente lo costituisce, diviene sulla base del voler conoscere (e non del solo ri-conoscere), un *incontro*; un incontro – specificatamente – con la *materia*. L'esigenza qui non essendo più prevalentemente legata al mantenimento, non può più neppure essere già stabilita nella possibilità del ritorno, ma bensì nella nascita dell'inaspettato, ossia di ciò che non si conosceva, e che appunto non poteva nemmeno essere previsto.

Il fare artistico, nella pienezza del concetto di creatività qui espresso, quando non perisce alle logiche di esclusivo mantenimento, magari anche solo riguardante lo status culturale raggiunto, o per esigenze di spettacolarità, o altro ancora, è il fare che più corrisponde a questo tipo d'incontro. Esso si trova quindi collocato nell'atto del compimento (del) Tutto, ed è pienamente nella logica realizzativa del reale.

Va di conseguenza che il mantenimento, con il suo fare, coesiste pienamente anche con il fare creativo. Ciò è rafforzato anche dal fatto che come (il) Tutto per essere *in compimento* deve essere per forza anche *un compiuto*, così anche il mantenimento, come ciò che vuol mantenersi nella sua conclusione, debba essere, per essere ciò, anche l'atto della conclusione stessa; ossia l'atto che si compie creando, e si mantiene compiendo.

II.13. Realtà

La conclusione (del) Tutto si apre perciò alla realtà. Questa vi penetra per far sì che (il) Tutto, attraverso di essa, divenga qualche cosa. La realtà è perciò esistente perché frutto del rapporto che avviene tra la definizione dell'essere e il suo indefinito qualcosa. L'essere accoglie (il) Tutto nella realtà, in modo tale che esso divenga passibile del pensiero, quindi elemento di cui se ne può divenire coscienti.

La realtà a tal guisa diviene materia di vita. La realtà diviene ciò che importa alla vita.

La naturalità (del) Tutto, come conclusione, esige che tutto sia finito, abbia *una* fine. Ciò è quanto fa sì che (il) Tutto sia posto appunto verso una finalità, da intendersi come apertura verso la realizzazione delle possibilità: il mostrarsi della realtà.

Ma Tutto è anche infinito, e come tale richiede pure che non ci sia fine, che appunto l'indeterminazione della possibilità rimanga sempre tale. La realtà è perciò connotata da questa metafisica: essere un'infinita evidenza del finito, un'incessante presentazione dell'essere, come la conclusione di quanto rimane sommessamente sempre *non* concluso.

E' solo all'interno di questa tensione che la realtà può non essere solo un insieme di fatti, e quindi pure essa stessa può non essere solo un fatto tra i tanti. Perché mentre il fatto implica qualche cosa di concluso, senza quindi nessuna possibilità di rimanere in vita (nella stasi il suo volto), altresì quella realtà che si trae dal contraddittorio sostanziale tra finito e infinito, appare piena di potenzialità, quella che per intenderci appartiene anche ad un seme, il quale non possiede nessun senso nella sua semplice condizione di rimanere nel proprio fatto, cioè sempre tale, ma in quello di poter essere anche altro. La sua verità non è perciò nell'identità con se stesso, ma bensì nell'identità con un altro (da sé). Un altro che universalmente è proprio anche (il)Tutto.

La realtà non è quindi quello che conta, ma ciò che importa. Non contano i suoi fatti ad esempio, perché essa non li conta, ciò che gli importa è invece proprio ciò che potrà essere: ciò che accoglie i sensi nel loro *avere senso.*

La realtà che abbandona i sensi a se stessi, non li ama. La realtà che chiede ai sensi qualche cosa, non vuole dargli nulla; bensì, solo ottenere ciò che essi danno.

La realtà non è tradimento dei sensi, ma neppure idolatria assoluta: sensibilità insensata.

Perché è proprio solo nella realtà che qualcosa può realizzarsi.

II.14. Fenomenologia dell'assoluto

Prima: L'assoluto è realtà:
Dio è una realtà dimostrabile.

Dopo: L'assoluto è un pensiero, e non può più essere una realtà:
Dio è un pensiero indimostrabile.

Dopo ancora: L'assoluto non è più un pensiero:
Dio è morto (come idea),
Dio è nulla (d'ideale).

Ora: L'assoluto é la *possibilità* del pensiero:
Dio è quel Nulla che permette Tutto.

Un'assenza importante, un'assenza prima.

II.15. Il fenomeno reale

L'occhio non può vedersi.

L'occhio può vedersi nello specchio.

L'occhio visto nello specchio non è l'occhio ma il suo riflesso, la sua immagine.

L'occhio non può che vedersi come oggetto.

L'occhio non può vedere *il vedere*; perché esso possa vedere, il vedere gli è precluso. La realtà non può che essere apparenza, la realtà è preclusa alla realtà, affinché questa venga alla luce, affinché questa appaia.

Ma la realtà è semplicemente questo, in quanto l'occhio non è il vedere, ma questi solo ciò che importa all'occhio.

L'essere della realtà non è pertanto la realtà, ma ciò che ad essa importa.

II.16. L'essere e il fenomeno

L'essere *è* quindi il fenomeno.

L'essere è sempre ciò che appare, perché ciò che non appare *non è*, ovvero è altro. L'essere non è qualche cosa d'altro del suo permettere il mostrarsi. Non è un mistero per pochi adepti, non è un luogo inimmaginabile ove potervi riversare ogni cosa.

Senza l'essere non si avrebbe nemmeno il fenomeno, non perché quello sia causa di questo, ma perché solo ciò che *è*, può apparire.

Togliendo all'essere la sua apparenza, di questi non se ne può più sapere. L'essere, senza il suo fenomeno, è in se stesso un'oscurità, una sostanza invisibile, abilitabile ad ogni scopo. L'essere senza la sua apparenza è l'oggetto per ogni mistificazione.

Pertanto ciò che appare *è*. Questa coincidenza è la garanzia dell'essere, la sua possibilità, per l'appunto, di essere; mentre non vi è nessuna verità dell'essere nel dire che ciò che *è*, non è quello che appare. Qui la verità non può più essere in rapporto all'essere stesso, dato che è divenuta arbitrio di *chi* ne parla.

In questo modo il senso dell'essere viene perso, altri mondi si aprono, ma questi non lo riguardano più.

II.17. La paura dell'uomo

L'uomo è vita e morte.

L'uomo è un'assurdità.

L'uomo deve districarsi da questa assurdità, ma non deve sfuggirla! pena: perdere la sua essenza, il suo senso.

La vita è un intervallo tra due morti: quella di prima e quella di dopo.

La morte è infinita, perché inconoscibile, la vita è finita, perché conoscibile.

La vita mette in rapporto le due morti, come le due ignoranze.

La vita serve alla morte, la conoscenza all'ignoranza.

Ciò che si sa: è che l'ignoranza vuol sapere!

L'uomo ha paura di tutto ciò che non sa.

Tutto ciò che non sa ha bisogno della sua paura.

La sua paura vuol sapere!

L'ignoranza se ne compiace.

L'uomo non è felice.

Ma perché dovrebbe esserlo?

Solo perché lo vuole?

Pertanto si scrive per non dire, perché una volta letto, lo scritto non può che rimanere muto.

INDICE